imaginist

想象另一种可能

理想国
imaginist

木心全集

素履之往

木心

上海三联书店

图书在版编目（CIP）数据

素履之往 / 木心著 . —上海：上海三联书店，
2020.5（2023.10 重印）
（木心全集）
ISBN 978-7-5426-6904-9

Ⅰ . ①素… Ⅱ . ①木… Ⅲ . ①小品文—作品集—中国—当代 Ⅳ . ① I267.3

中国版本图书馆 CIP 数据核字 (2019) 第 260593 号

素履之往

木心 著

责任编辑 / 徐建新
特约编辑 / 曹凌志
装帧设计 / 陆智昌
制　　作 / 陈基胜　马志方
监　　制 / 姚　军
责任校对 / 张大伟

出版发行 / 上海三联书店
　　　　　（200030）上海市漕溪北路331号A座6楼
邮购电话 / 021-22895540
印　　刷 / 山东韵杰文化科技有限公司

版　　次 / 2020 年 5 月第 1 版
印　　次 / 2023 年 10 月第 9 次印刷
开　　本 / 787mm×1092mm　1/32
字　　数 / 48千字
图　　片 / 3幅
印　　张 / 6.875
书　　号 / ISBN 978-7-5426-6904-9/I·1572
定　　价 / 58.00元

如发现印装质量问题，影响阅读，请与印刷厂联系：0533-8510898

1982年出国前夕

每天散步于此

易·履卦·初九·素履·往无咎

象曰·素履之往·独行愿也

九二·履道坦坦·幽人贞吉

象曰·中不自乱也

九五·夬履·贞厉

象曰·位正当也

履初言素·礼以质为本

贲·文也·贲上言白·文之极反而质也

曰贲无咎·其即素履往无咎欤

素履之往

目 录

1　自　序

一　辑

5　庖鱼及宾
19　朱绂方来
29　白马翰如
43　巫纷若吉
55　亨于西山
65　翩翩不富
77　十朋之龟
87　贲于丘园
99　丽泽兑乐
111　与尔靡之
121　困于葛藟

131　舍车而徒
141　向晦宴息

二　辑

163　一饮一啄

三　辑

191　亡文学者
195　晚祷
201　媚俗讼

自 序

总觉得诗意和哲理之类，是零碎的、断续的、明灭的。多有两万七千行的诗剧，峰峦重叠的逻辑著作，哥德、黑格尔写完了也不言累，予一念及此已累得茫无头绪。

蒙田勿事体系，尼采戟指架构体系是不诚实——此二说令人莞尔。虽然，诚实亦大难，盖玩世各有玩法，唯恭，恭甚，庶几为玩家。吾从恭，澹荡追琢以至今日，否则又何必要文学。

第一辑

庖鱼及宾

年月既久,忘了浪漫主义是一场人事,印象中,倒宛如天然自成的精神艳史。当时欧洲的才俊都投身潮流,恐怕只有肖邦一个,什么集会也不露面,自管自燃了白烛弹琴制曲。德拉克罗瓦,与肖邦交谊甚笃,对于他的画,肖邦顾左右而言他;对于同代的音乐家……肖邦只推崇巴赫和莫扎特——后来,音乐史上,若将浪漫派喻作一塔,肖邦位于顶尖。

有人(好事家兼文学评论家),说陀思妥耶夫斯基的小说属于写实主义,陀思妥耶夫斯基忿然道:"在最高的意义上，可以……我可以承认是个写实主义者。"——文学史上，若将写实主义喻作一塔，这样，也有了顶尖。

深夜闲谈，列夫·托尔斯泰欲止又言："我们到陌生城市，还不是凭几个建筑物的尖顶来识别的么，后日离开了，记得起的也就只几个尖顶。"

地图是平的，历史是长的，艺术是尖的。

古典建筑，外观上与天地山水尽可能协调，预计日晒雨淋风蚀尘染，将使表面形成更佳效果，直至变为废墟，犹有供人凭吊的魅力。

现代建筑的外观，纯求新感觉，几年后，七折八扣，愈旧愈难看。决绝的直，刚愎的横，与自然景色不和谐，总还得耸立在自然之内。论顽固，是自然最顽固，无视自然，要吃亏的。

现代建筑执著模型期的时空概念，似乎世界乃一干爽明净的办公室。"大罗佛"增置了透明金字塔，在视觉上，它宿命地只有第一效果，无第二第三层次的效果可期待。它的理想状况是天天像揭幕剪彩时那样光鲜。一旧，有一分旧即起一分负面反应。现代建筑要拆除是快速的，建筑的基本立意是为了尽早拆除？

现代建筑成为废墟后不会令人徘徊流连。近几年出来的摩登高楼，更明显地看到建筑家手足无措，靠增加折角、靠层层外凸的阳台来与自然讲和，讲归讲，自然不肯和哩。

除了建筑，其他方面何尝不是手舞足蹈地落得个无所措手足的结局，极目油油荒荒，叶芝惯称"大年"（Great Year）之岁云暮矣，知有除夕不知有吉旦的世纪末，自非区区建筑物应任其咎。

"现代"，不会成为"废墟"——贬褒只此一句。

科隆深秋，时近黄昏，双塔大教堂洪钟初动，随着全城的钟次第应和，颒洞浩瀚，历时二十分，茫茫平息。

就听这次为好？每天听为好？

离科隆已逾三载，双塔大教堂的钟声，恭闻一度是幸，日日敬聆是福。

钟声，不属音乐范畴。当大教堂的巨钟响起，任何音乐都显得烦琐多余。音乐是人间的,巴赫、莫扎特的曲奏全是人间事。从来闻说天国充满音乐,充满人间之声的会是天国吗?音乐是路,钟声是桥,身为精灵者,时而登桥凭眺,时而嬉戏路畔。精灵一跃成天使,一跌成魔鬼,他们调皮在不跃不跌,偶作跃跃状,逗天使着急魔鬼发笑。然则天国一定是要在那里的,才有路有桥可言,天使魔鬼也一定是不可缺少的,才显得精灵的调皮大有余地。

  祖师西来意旨如何

  "子解得糯团么"——岩头

  祖师西来意旨如何

  "取皂角作浣衣状"——玄泉

  祖师西来意旨如何

  "庭前柏树子"——赵州

  祖师西来意旨如何

  "闻得檐雨滴声吗"(适雨)——叶县青

  祖师西来意旨如何

  "街头东畔底"——法华

祖师西来意旨如何

"西来无意"——大梅

祖师西来意旨如何

"这么长的，那么短的"（指竹）——翠微

……

如何是达摩西来意

"了此意"

（"来"即"意"，"一华五叶"即"此"。

衣钵传而底事无传，达摩西来，不了，了之）

尼采在最后十年中，亦未有一句粗话脏话——使所有的无神论者同声感谢上帝。一个人，清纯到潜意识内也没渣滓，耶稣并非独生子。

高明的父，总是暗暗钟悦逆子的；高明的兄，总是偏袒桀骜不驯的乃弟。莎士比亚至今没有妹妹，耶稣已经有过弟弟，最爱耶稣的正是他。

那是一片出不了尼采至多出个张采的老大瘠土。借禅门俗语来说，金圣叹、徐文长，允是出格凡人。李、庄二子，某几位魏晋高士，堪称"尼采哲学存在于尼采之前"的东方史证，所以，没有意思得颇有意思，就中国言，尼采哲学死于尼采诞生之前。

"书法"，只在古中国自成一大艺术，天才辈出，用功到了不近人情，所以造诣高深得超凡入圣神秘莫测。"书法"的黄金时代过去一个，又过去一个，终于过完。日本的书法，婢作夫人，总不如真。中国当代的书法，婢婢交誉，不知有夫人。

"欲往芳野行脚，希惠借银五钱，容当奉还，唯老夫之事，亦殊难说耳。"略近晋人杂帖，毕竟不如。日本俳师芭蕉小有可人处。

俄国人中也有写信的好手：

"舱内流星纷飞，是有光的甲虫，电气似的。白昼野羊泅过黑龙江。这里的苍蝇很大。我和一个契丹人同舱，叫宋路理，他屡说在契丹为一点小事就要头落地。昨夜他吸鸦片多了，只是梦呓，我不能入眠。轮船播动，不好写字。明天将到伯力，现在契丹人在吟他扇上的诗。"

契诃夫寄妹书，不过在迻译间，筛了筛。俄文似乎天生是累赘的。

愚蠢的老者厌恶青年，狡黠的老者妒恨青年，仁智的老者羡慕青年，且想：自己年轻时也曾使老辈们羡慕吗，为何当初一点没有感觉到？现在，他与青年们实际周旋时，不能不把羡慕之情悄然掩去，才明白从前的老辈也用了这一手。然而即使老者很透彻地坦呈了对年轻人的羡慕，年轻人也总是毫不在乎，什么感觉也没有。

阳台晚眺，两个青年远远走来，步姿各样而都显得非常快乐，波多黎各，好像是，是波多黎各人，那腿那手臂的韵律纯粹是快乐，快乐的脖子快乐的腰，走过阳台底下，仰面嗯哨道声晚安，丑陋妩媚之极，怎会这样快乐，怎会这样快乐的呢？克尔凯郭尔看了又得举枪自杀一次。

背德的行为，通常以损害别人的性质来作判断，而忽视其在损害别人之前先已损害了自己，在损害别人之后又继续损害着自己。

司马迁认为每隔"五百岁"必有什么什么的，到底不过是浪漫的穿凿。姬昌与孔丘的精神上的瓜葛，论作孔丘这方面一厢情愿也可以。而到得《史记》，事情和问题都杂了大了，司马迁的一厢情愿就更显得牵强。之后呢，五百岁……五百岁……没什么，什么也没，所以再回过去体味《太史公自序》开篇的几句壮语，觉得等于在绝叫。

理想主义，是表示耐性较好的意思。然而深夜里，我听到过的绝叫，都是从理想主义者的床头传来的，明月在天，大江东去，一声声的绝叫，听惯了就不太凄惨。

《春秋》《史记》，并没曾别嫌疑、明是非、定犹豫——那是由于：礼，不能节人；乐，何尝发和；书，未足道事；诗，岂在乎达意；易，更难普遍道化。万象流传，毫厘是必失的，所以千里必差。

（避开以上云云的故实，自悦于顽皮的想法，以致

成为说法,"五百年有一读者来",可不是吗,现在轮到我作读者)

古典主义,是后人说的。

浪漫主义,是自己说的。

唯美主义,其实是一种隐私,叫出来就失态,唯美主义伤在不懂得美。

象征主义,也不必明言,否则成了谜底在前谜面在后。

现实主义,笨嘴说俏皮话,皮而不俏。

意象主义,太太,意象算啥主义,是意象派吧。

超现实主义,这样地能超,超掉"主义"行不行呢。

早年,偶见诺瓦利斯的画像,心中一闪:此卿颇有意趣。之后,我没有阅读诺瓦利斯的作品的机会。近几年时常在别人的文章中邂逅诺瓦利斯的片言只语,果然可念可诵——诺瓦利斯的脸相,薄命、短寿,也难说是俊秀,不知怎的一见就明白有我说不明白的某种因缘在。

毕加索和布拉克同时制作抽象立体主义——明明塞尚，从塞尚来，点、线、面、体、曲、直、明、暗……塞尚恍然，毕加索、布拉克大悟。

委拉斯凯兹的画，多数是做事，做了一件，又做一件。少数是艺术，创造了不可更替的伟大艺术。

（有人是纯乎创造艺术的，要他做事，他做着做着做成艺术）

委拉斯凯兹做事很能干，艺术创造得好，而不会把事做成艺术。事又做得太多，累坏了身子，难免也累坏艺术。如果不善保身，还是欠明哲。委拉斯凯兹和笛卡儿都把自己看低，以为低于皇室皇族，所以殉的不是道。累倒，折磨尽了，虽不说英年早逝，死的性质应属夭折。如果真的殉于道而非殉于皇家，他们的天年倒是长着哩。

如果"顿悟"不置于"渐悟"中，顿悟之后恐有顿迷来。

当愚人来找你商量事体,你别费精神——他早就定了主意的。

人体的特异功能不是智慧。巫术与艺术正相反。怪癖并非天才的表征。在怪癖巫术特异功能备受瞩目的时代,便知那是天才艺术智慧的大荒年。

音乐神童、数学神童……从来没有哲学神童。
思维是后天的,非遗传,非本能。思维不具生物基础,思维是逆自然的,反宇宙的。

陀思妥耶夫斯基嗜赌,其实更严重的是嗜人,他的小说中人人人人,从不愿费笔墨于自然景象,偶涉街道房屋,也匆匆然赶紧折入人事中去。他在文稿上画人,人的脸,脸的眼睛。

他在文学上嗜人,实际生活中并不嗜人——所以伟大。

文学上的人真有味,生活中的人极乏味。这样不好,不这样就更不好。

人家总在乎谁在台上演,演得如何。我却注意台下是些什么人,为这些人,值不值得演——因此我始终难成为演员。

无论由谁看,都愿上台演——我不作这样的演员的看客。

无论由谁演,都愿在台下看——我不会对这样的观众演出。

找到了我愿意看的演员,而找不到与我同看的人,观众席空着,所以那位演员不登台,所以我又成不了他的看客。

这便是我的有神论及我的无神论两者之间的酸楚关系。

艺术家在制作艺术品的进程中,清明地昏晕,自主地失控,匀静地急喘,熟审的陌生境界层层启展……所以面对艺术家,哲学家只有感慨的份,即使是艺术秉赋极高的尼采,也要为哲学气质甚重的贝多芬而惆怅太息得似乎不能自持了。然而尼采也并非容易败落的,唯有他看出贝多芬的人伦观念还涉嫌道德上的滞碍,使灵智的意绪受到抑窒,这位自称酒神的音乐家本身没有大醉狂醉,尚不足为尼采理想中的音乐家——从旁说来,哲学家还是有面子,当然只指尼采,指不到别人。

在爱的历程上,他每以钢琴家自许,多次幸遇优质键盘,抚弄再三,当他起身离开,它们都从此绝响、尘封。人们是不知彼等的珍贵,即使彼等自己,亦难解那一段时日(噢,四季的夜晚)何以有如许神妙的乐音——爱的演奏家,垂垂老去,回顾前尘,伤怀之余忽然忍俊不住道:宁愿是钢琴演奏钢琴家呵。

哲学营构迷宫,到现代后现代,工程的继续是拆除所有的楼台馆阁,局外人看来觉得一片忙碌场景很壮观。

哲学的废墟,夕阳照着也不起景观。个别的人死了会有"殁后思",使生者想起死者的某些好处来。哲学作为群体看,无所谓好处,所以不值得凭吊。

哲学生涯原是梦,醒后若有所思者,此身已非哲学家,尚剩一份幽微的体香,如兰似檀,理念之余馨,一种良性的活该。

朱绒方来

唐代的麦克白夫人

《唐国史补》原名《国史补》，取史氏或阙则补之意，唐李肇为续刘𬗟的《传记》而作，共三百零八条，所述皆开元至长庆百余年间的轶事琐闻，悠谬之说极少，质录之笔实多，中有一则《故囚报李勉》，略云：

"……李汧公勉为开封尉，鞠狱，狱有意气者，感勉求生，勉纵而逸之。后数岁，勉罢秩，客游河北，偶见故囚，故囚喜，迎归厚待之，告其妻曰：'此活我者，何以报德？'妻曰：'偿缣千匹可乎？'曰：'未也。'

妻曰:'二千匹可乎？'亦曰:'未也。'妻曰:'若此,不如杀之。'……"

故事的后半姑置不论,但看:

"此活我者,何以报德？"

"偿缣千匹可乎？"

"未也。"

"二千匹可乎？"

"未也。"

"若此,不如杀之。"

这几句对白,实在是够莎士比亚水准,按表现妇人心理的深度而言,质之司汤达、陀思妥耶夫斯基亦必惊叹不已。

我在餐厅中开了一枪

时间:一九七九年

地点:上海

人物:甲(中年)、乙(青年)、我(不详)

场景:小型餐厅

（当我行将吃完时，甲乙进来，坐于旁边的桌位）

甲："……你年纪轻，讲究衣着，我是随随便便，不在乎了，唉，衣着讲究，总归是两个意思，一个，要漂亮，一个，表示自己有钱。"

乙："我又不好算讲究。"

甲："还不讲究？要人家说你漂亮、有钱，世界上但凡讲究穿着的，只不过是这两个目的。"

我已食毕，取出纸巾抹了抹嘴：

"再有第三个——自尊。"

（至今犹记得此二人闻声转首注视的眼神，中年者发愣，落了下风，无法接口。青年者惊喜，得救了似的期待我再说下去——我起身慢慢走出餐厅）

不以诗名而善诗者

汤国梨女史，浙江桐乡乌镇人，家世清华，风仪端凝。予幼时忝为邻里，每闻母姑辈颂誉汤夫人懿范淑德，而传咏其闺阁词章，以为覃思隽语，一时无双，予虽冥顽，耳熟心篆，于今忆诵犹历历如昨，试录二

律如后:

与皇甫仲生谈轮回有感
为人已多事,有鬼更难休。
纵免沙虫劫,能无猿鹤愁。
尘缘如何了,慧业不须修。
话到轮回时,怆然涕泗流。

今自反之更得一律
休道轮回苦,人生实赖之。
世情常有憾,天道愿无私。
因果苦不爽,盛衰莫费辞。
何为求解脱,我佛亦顽痴。

中国近百年来女诗人俦,若论神智器识,窃以为未见有出汤夫人之右者。迄于现代后现代云云,则无分坤乾,益兴代不如代之叹。中华,古者诗之大国,诰谟、诏策、奏章、简札、契约、判款、酒令、谜语、医诀、药方,莫不孜孜词藻韵节,嫠妇善哭,狱卒能吟,旗亭粉壁,青楼红笺,皆挥抉风云,咳唾珠玉——猗欤伟欤,盛世难再,神州大地已不知诗为何物矣。

谁更近乎自然

富人比穷人有钱,穷人比富人近乎自然,例如虎豹,一生就只一张皮,鱼呀,花呀,都是穷的,孔雀亦是穷的,蜜蜂、蚂蚁算得最知囤积的了,也有限,因为它们不事商业。

大致与孟德斯鸠的"人在悲哀之中,才像个人"的这一说法相似,人在贫穷之中,方始有点点像个人,而这"悲哀"、这"贫穷"都要先作界定:"悲哀",不是痛苦欲绝,"贫穷",并非衣食住行发生致命的磨难。

痛苦欲绝的悲哀是不自然的,艰于维生的贫穷是不自然的——整个自然界是漠漠茫茫的悲哀和贫穷,人,若求其为"自然之子",就得保持适度的悲哀,适度的贫穷,而这等于在说,要先从痛苦艰难中摆脱出来,然后才好谈那种使人差强像个人的漠漠的什么,茫茫的什么。

限于墓志铭规格

叶芝的一生，适值"为艺术而艺术""为人生而艺术"两种思潮交错交锋交替的骚乱时期，艾略特在追悼叶芝的演说中故作惊讶道："……他竟能在两者之间独持一项绝非折衷的正确观点。"本该就"绝非折衷"这个性质大加发挥，可惜接着艾略特戛然落轴："艺术家，果其竭诚于精神劳作，自必为全世界尽力了。"——这样当然也算是笼统的解答，但到底只限于墓志铭规格。半个世纪之后的今日，曾由叶芝执著的那个"观点"仍然是卓越的，它的"绝非折衷"的性质浅显易明而深奥难言——叶芝知之，艾略特知之，某亦知之。

路遇亚里士多德

拉斐尔画的柏拉图和亚里士多德，都不像他俩本人，画柏拉图是以达芬奇为模特儿的，画亚里士多德不知参照了谁，雄媚轩昂，好一副男性气概……此系拉斐尔的私事,着毋庸议。

这时有一瘦高个儿施施行来,两腿细长,头发剪成流行的短式,指上戴着镶宝石的金环,俨然富家子弟的气派,岁数不大而额面纹路三横,鼻翼和嘴角边皱痕下垂,似乎是长期的胃病患者。

当我知道这便是亚里士多德时,不觉得奇怪,为什么不觉得奇怪呢,那是很奇怪的。

亚里士多德认为大自然从不徒劳。

我认为在细节上大自然看起来是不徒劳——大自然整个徒劳。

碰壁是快乐的

亚里士多德开始讨论,脸色凝重:

为什么牛有角呢?

因为它们的牙齿不够好(本该用来制牙的质料便制了角)。

为什么它们的牙齿不够好呢?

因为它们有四个胃(可以不经细嚼就将食物消化)。

为什么它们有四个胃呢?

因为它们是反刍动物。

为什么牛是反刍动物呢?

因为,因为……因为它们是牛。

此时,不知亚里士多德是否快乐,我是快乐的。

哲学家的终局:碰壁。

我非壁,若然,乐不可支而永支之。

航海家有所不知

单人驾驶帆船,环绕世界一周,耗时两百七十八天,没有靠港停泊,只在第二百天时,于澳洲西南沿海,接收新鲜蔬菜及零件等补给品。

帆船通过赤道时,自开香槟庆祝。

噢印度洋,每秒二十米的强风,巨浪高如城墙,连续几天才平静,噢伸手不见五指的黑夜,也有亮夜(不是白夜,亦无月光),满天星斗亮得甲板上可以读书。最美的是什么,最恐怖的是什么——突然出现冰山,一点预兆也没有,崔巍晶峰,劈面而至,这明明是死——

我活下来了。

　　此乃一个日本人的真实手记。

　　矫情绝世，特立独行，都是在为别人做事，阅此手记后，免我去航海。

白马翰如

任何理想主义,都带有伤感情调。

所有的艺术,所已有的艺术,不是几乎都浪漫,是都浪漫,都是浪漫的,这泛浪漫,泛及一切艺术。当我自身的浪漫消除殆尽,想找些不浪漫的艺术来品赏,却四顾茫然,所有的艺术竟是全都浪漫,而谁也未曾发现这样一件可怕的大事。

傲慢是天然的,谦逊只在人工。

上帝不掷骰子,大自然从来不说一句俏皮话。人,徒劳于自己赌自己,自己狎弄自己。

往常是小人之交甜如蜜,君子之交淡似水,这也还像个话,甜得不太荒唐,淡得不太寂寞。后来慢慢地很快就不像话了,那便是小人之交甜抢蜜,君子之交淡无水,小人为了抢蜜而扑杀,君子固淡,不晤面不写信不通电话,淡到见底,干涸无水。

每见著名文人,因评画而猝然暴露其无知、无识——"文""画"同源,故彼虽以文著名,大抵曲文阿世,世亦阿之而已。

A:"我看,你对人类世界,总归还是热情的。"
B:"热过了的一点点情。"

戏剧家、小说家之所以伟大,是他们洞察人心,而且巧妙地刻画出来——这"人心",到二十世纪中叶就变了,哦,不是变,是消失了。从前的"人心"被分为"好""坏"两方面,嚷嚷好的那面逐渐萎缩,坏的那面迅速扩张,其实并非如此,而是好的坏的都在消失,"人心"在消失,从前的戏剧和小说将会看不懂。

不时瞥见中国的画家作家,提着大大小小的竹篮,到欧洲打水去了。

最佳景观:难得有一位渺小的伟人,在肮脏的世界上,干净地活了几十年。

哲学家,言多必失,失多必谬。

就"生"而言,"死"是丑的,活着的人不配议论"死"的美。

梵乐希的名句:
"你终于闪耀着了么
我旅途的终点"

这是诗,是艺术,而人生的实际是什么都不闪耀,乃为终点。梵乐希亦不例外。

美国老太太,吹着口哨散步,我遇见过不止一次。转念中国,几千年也不会有此等事,种族的差异,可惊叹的宿命。

到后来,音乐上有许多结构许多效果,是外在的戏剧性的羼杂,膨胀起来就使音乐被挤出可能范畴之外。浪漫乐派拓展精神领域的封疆诚然是功勋彪炳,却常会这样鼓声隆隆号声哗哗地冲过了头,所以后来又回到巴赫,回到内在结构、本体效应。

莫扎特真纯粹呀,在巴赫之后同样可以滔滔不绝于音乐自身的泉源。肖邦是浪漫乐派的临界之塔,远远望去以为它位据中心,其实唯独肖邦不作非音乐的冶游,不贪无当之大的主题。他的爱巴赫、爱莫扎特,意思是:爱音乐的人只爱音乐,其他以音乐的名义而存在的东西,要把它们与音乐分开,分开了才好爱音乐。

我在童年、少年、青年这样长的岁月中,因为崇敬音乐,爱屋及乌,忍受种种以音乐的名义而存在的东西,烦躁不安,以至中年,方始有点明白自己是枉屈了,便开始苛刻于择"屋",凡"乌"多者,悄悄而过,再往"乌"少的"屋"走近去……

另外,在人情上,爱屋及乌,后来弄到乌大于屋,只好屋也不爱乌也不爱——这样,变得精乖起来,要找便找无乌之屋,就是这样,才明白世上没有乌的屋已经不可能再遇见了。

眼看一个个有志青年,熟门熟路地堕落了,许多"个人"加起来,便是"时代"。

有时我会觉得巴尔扎克是彩色的陀思妥耶夫斯基,陀思妥耶夫斯基是黑白的巴尔扎克。

评定一个美子,无论是男是女,最后还得经过两关:

一、笑。

二、进食。

惟有辗然露齿,魅力四射。吃起东西来分外好看者,才是真正的尤物。

"……那个希伯来人,死得太早,他的早死,对于以后的许多人是致命的不幸。""为什么他不留在沙漠里,远避那些善良者正直者,也许他能学会如何活,如何爱,如何笑。"

"他死得太早,如果活到我这样的年纪,他会撤销自己的学说,他的高贵会使他撤销自己的学说。"

"他还没有成熟,这青年人的爱是不成熟的,所以他也不成熟地恨人类与大地,他的精神之翼还是被束缚着。"

"……如果肯定的时期已过,他便是一个否定者。"

尼采以查拉图斯特拉的名义,对耶稣作如是判断。

查拉图斯特拉也不及成熟,尼采病得太早太重,虽然他知道"一个成熟了的男子较一个青年更孩子气些",无奈尼采就是不够孩子气,这位没有喝过酒的酒神——未臻成熟的哲学家，即使活到六七十岁，还应嗟悼为英年早逝。

如果并非"真理并非不可能"，那么哲学家个个都是好事家，而已。

自尊，实在是看得起别人的意思。
而在宇宙中，人的"自尊"无着落。人，只能执著"自尊"的一念。此一念，谓之生，此一念，谓之死。

米兰·昆德拉以为欧罗巴有一颗长在母体之外的心脏。
有吗，我找遍现代的整个欧罗巴，只见肾脏迁移在心脏的位置上。

犹太谚语："人类一思索，上帝就发笑。"
上帝一思索，人类也发笑。

餍厌体系，免事体系，那是体系性特强者的操守，后来也就只葆风仪，不留楷范。

袋是假的，袋里的东西是真的——曹雪芹用的是这个方法。

红学家们左说右说横说竖说，无非在说袋是真的！

袋是真的？当他们认为袋是真的时，袋里的东西都是假的了。

即使是聪明绝顶的人，也不可长期与蠢货厮混，否则又多了一票蠢货。

各有各的音，各有各的知音。

甲与乙斗，丙支持甲，丁支持乙。

后来甲乙议和，第一条款：诛丙、丁。

培根言也善："学问变化气质。"学问可以使气质转好，好上加好。成不了格言的是"学问恶化气质"，但此种实例是明摆着的，气质本来不良，学问一步步恶化气质，终于十分坏了，再要扳回到九分坏也不行，因为彼已十分有学问。

把小说作哲学读,哲学呢,作小说读——否则没有哲学没有小说可读了。

中国人喜欢听琅琅上口的话,喜欢说琅琅上口的话,聪明的皇帝就不断想出些琅琅来让百姓上口,某时期琅琅的东西不多,无疑是某皇帝不太聪明,百姓也不大开心,接着有人把不太聪明的皇帝挤掉,自己做皇帝,当然是比较聪明的,琅琅的东西又多起来,于是就这样琅琅地糊涂下去琅琅琅琅地没落下去。

哦,人文关怀,已是邻家飘来的阵阵焦锅味。

有口蜜腹剑者,但也有口剑腹蜜者。

向来不聆中国男女歌星的声音。此其一。
爱情,"爱情是什么",在长久淡漠中糊涂了。此其二。

最近在别人家里,听到邻居大力播送上述歌星们的歌,唱了好久,我顿悟——爱情,"爱情是什么",是:与歌星们唱的东西相反,正好相反。

与中国男女歌星唱的正好相反的东西便是爱情。

快乐无过于看托尔斯泰上当。

上了肖邦的当,听"肖邦"听得老泪纵横,转过头去骂道:"畜牲。"

上一次当,使人聪明一点,一点是不够的,托尔斯泰又上当了——读"尼采",读得忘了世上还有个列夫·托尔斯泰,好容易慢慢醒来,细细回味,天哪天哪,该死的,多么野蛮。

但几乎没有谁能比托尔斯泰更清楚地看出一切"运动"和"团体"的人们有着复杂的企图,这些企图与公开表示出来的宗旨并不一致,甚或相反。

小聪明可以积合大聪明再提升为智慧吗——并非如此,决不如此,从来没见如此。

"小聪明"的宿命特征是:无视大聪明,仇视智慧。

凡"小聪明",必以小聪明始以小聪明终。

妙的是真有"小聪明"这样一个类族,遇事伶俐过人,动辄如鱼得水,差不多总是中等身材,不瘦不肥,面孔相当标致,招女婿、干女儿的料,如果无机会作祟,倒也花鸟视之,看在眼里不记在心里,可是"小聪明"之流总归要误事坏事败事,只宜敬"小聪明"而远之,然后,又远之。

老好人,滥好人,处处徇人之意,成人之美,真要他襄一善举、积一功德时,他笑嘻嘻地挨到角落里,转眼影儿也不见了。

那些飞扬跋扈的年轻人,多半是以生命力浑充才华。

叶芝,叶芝们,一直璀璨到晚年,晚之又晚,犹能以才华接替生命力。

海德格尔是存心到时候作一个窝,大窝,大得可以把上帝放进去。尼采是飘泊者,"海呵海呵海呵",飞到跌在海里为止。

思想家分两型：信仰型，怀疑型。

思想家，多余的人。

如果思想家不知自己是"多余的人"，还算什么思想家。

"……我是一个凡人，常常失去自制力，有时（更确切说是永远）不能把我想到的和感觉到的恰当地说出来——并非我不欲这样做，而是我常常言过其实，或者简直就是不加考虑地脱口而出。"

一八九二年，列夫·托尔斯泰伯爵在给朋友的信上写了这些话——未免言过其实，似乎是不加考虑地脱口而出。

S：你的青春太长了，不好。

M：有说乎？

S：心灵是主体，青春是客体，如将主体客体说作主人客人，那么，去了、再来的客人是可喜的，赖着不走的客人是可厌的。

M：美丽的比喻！

S：不，心灵这位主人是好客的，它要相继接待很多客人，如果青春这位客人赖着不走，别的客人就不来了。

巫纷若吉

假骄傲

古诗人骄傲,是假骄傲,什么是真,其谦逊,真。

唐代·现代

唐代能解白居易诗的老妪,如落在现代中国大陆,便是街道居民委员会主任,专事监督管制白居易之类的知识分子的。

可耐与不可耐

有可耐之俗,有不可耐之俗,可耐而不能耐,迂矣,不可耐而耐之,殆矣。

我的爱情观

爱情,人性的无数可能中的一小种可能。

一与十

湖南文人杨钧,于十九世纪末说过:"无耻之人,不在作画者而在买画者。"作画者一也,买画者十也,苟乏人买,画者哪得无耻,虽然,无无耻之画,买者亦无以买,故要之则在于作者一也,买者十也,一之无耻小而十之无耻大矣。

陶潜等等

陶潜诗文如此高妙,本人知否,知。大艺术家的起点和最后一着,都是"自觉",唯自觉才能登峰造极。再有才华功力而欠自觉者,终究滞于二流。然而过分地自觉又会使一流跌入二流;因为,过分的自觉,是不自觉。

致纪德

智者,乃是对一切都发生讶异而不大惊小怪的人。

希腊·我

最高的不是神,是命运。神也受命运支配——古希腊人如是解,余亦如是解。命运无公理,无正义,无目的,故对之不可思,遇之不能避。

"命运"的最终诠释:无所谓命运——在此命题上,希腊人没收获,余亦没收获。

致芥川

有时,人生真不如一句陶渊明。

厚黑传人

半个世纪前,国人有李宗吾者,架构一门《厚黑学》(皮厚心黑之至论也),书中的这样几句,墨沈未干似的:

"法国革命,是在政治上要求人权,我们改革经济制度,则注意生存权。"

当今以"生存权"替代"人权"的偷换概念的老手们,固厚黑有加矣。

特别常识

艺术家是凭自己的艺术来教育自己成为艺术家的。

(这一句的前面应有许多话,后面也该有许许多多话,但都可以省略,但,为什么都可以省略)

我病态

我把最大的求知欲、好奇心、审美力,都耗在"人"的身上,颠沛流离,莫知所终。

内　脏

俗,是一种脏,内脏。每有俗子挟洁癖以凌人,内脏外厉也。

上进心

就功利性而言的"上进心",犹不足贵:从道德观来看"上进心",则凡匮乏上进心者,原来都是无耻之徒。

色欲的模式

屡见有人以色欲的模式来对待食欲,来对待权力欲,乃至以色欲的模式来对待宗教信仰欲,如是,则弗洛伊德云云，小焉者欤。

这小子

米兰·昆德拉反"媚俗"，某小子听人谈起，便叫道："昆德拉，他有什么资格反媚俗？"——这小子哪儿来的资格不让昆德拉反媚俗。

欢　送

一个人（友人），决心堕落，任你怎样规劝勉励，都无用，越说，他越火，越恨你——这样的故事，所遇既多，之后，凡见人（友人）决心堕落，便欢送……
所谓无底深渊，下去，也是前程万里。

吾爱耶稣

一千年，他不来，两千年，当然也不来，不来才是，来了就不是脚色了。

无庸议

可怜评论家,凡上善者,都是拒绝解释的。

倒

有时,不免气咻咻地想,人类的历史进程,倒过来,才文明。

哥儿们

甲说:"我和乙,是'哥儿们',就是假如我残废了,他会养我一辈子。"

假如乙残废了,甲会养他一辈子吗——我想,没问。

致帕斯卡尔

您的《随想录》,开始,我是逐节读,后来,凡涉及上帝的,我像傍晚放学回家的小孩,阵雨乍歇,跳过一汪又一汪的水潭……

无情的抒情

愚民政策,造成移民对策,苦于被愚,纷纷移了算了。

清明时节的雨呀,路上移民的魂哪。

归 元

以其品格,作其文学的体系的那一类文学家,才可观。艺术家、哲学家,岂有不在此例哉。

再致芥川

(即使基督教灭亡,基督的一生永远叫我们感念——芥川龙之介)

由于误解而就基督者,此时走开了,理悟而爱基督者,得以更贴近耶稣,如香膏之在发,在足,在棘冠,在伤痕。

十架代表个人的极致的美，然后，再象征救赎，意思是尝试救赎。

"成了"，是：我终于完成了我的失败。

春　寒

阵阵大风迎面刮来，把我仅有的一点隐私也刮光了。

失　传

慈与孝，一对很好的可以日常满足的自私，无奈连这样方便的自私也不耐烦，失传了。

祸福论

慕尼黑每月都有几个喜庆日子，可见慕尼黑曾经多灾多难。

尸床上的奶瓶

一个又一个"主义""体系""学派",全靠自信自奉的"真理"来铺陈架构。主义、体系、学派之间的争论,各执各的"真理",攻亦借此,守亦借此。如果"真理不可能",那么举凡主义、体系、学派霎时纷纷倒塌,一路的思想废墟,精神瓦砾场,即使西风残照,也不成其为陵阙。

怀疑主义者大抵并非否定真理之存在与可求,只是以为存在得距离太远,可求的难度太高。而悲观主义者至少自诩他们的哲学是"真理",甚或就是终极真理了。

无神论,无真理论,是"死地",人类精神欲谋"生",只有置之这样的"死地",才有望而后生。

有神论,有真理论正不知还要经过多少世代的苟且因循,也许就这样下去,下去了,永无胆识直入"死地",甩不掉"神"和"真理"的奶瓶,人类枉有所谓"精神",人类精神在幼稚阶段中自取灭亡。

再说一遍

十九世纪所期望的,可不是二十世纪这样子的。

亨于西山

"你没有必要离开屋子。待在桌边听着就行。甚至听也不必听,等着就行;甚至等也不必等,只要保持沉默和孤独就行。大千世界会主动走来,由你揭去面具。它是非这样不可的。它会在你面前狂喜地扭摆。"

"康乐平生追壮观,未知席上极沧洲。"

卡夫卡的说法丰富透辟,米芾的吟哦简练痛快。

诸大先哲,皆以其悖谬,为后来的思想者留下大片余地,明的余地之外,暗的余地更多,更非先哲们所梦想得到的。"霍拉旭呵,天地间的事物……"哈姆雷特身边总得有一个霍拉旭,到现代,哈姆雷特固少,霍拉旭少之尤少。

"小聪明"是长不大的。

个人与人类的关系,通常是意味着的关系。

艺术家尤其自以为与人类意味着什么关系,意味消淡时,艺术家就受不了,而另一些艺术家反而感到,唯其消淡,更加意深味长——前者是家禽型,后者是野鸟型。

少小时,听父辈叙谈,每涉什么"愚而诈""殁后思""小取"等等语汇,似懂非懂,我自身尚无阅历经验,只是那"愚而诈",似乎煞有介事,然则到底也不求其解,听过就忘了。

其解又如何呢:

一、唯其愚,故只能用诈来谋利益。

二、愚相、愚言,是行诈的本钱。

三、见愚人来，不戒备，被诈去了。

四、百事愚而一事诈，其诈必售。

五、受了愚人之诈，还以为他是好心办坏事。

六、诈者以愚著名，故能愚及诈及。

七、愚者亦有苦闷，每逞一诈，乐不可支，于是乐诈不疲。

八、愚者平时少作为，忽有机会施诈，便悉心以赴。

九、世无纯愚者，所谓愚者也具一分智力，此智力用在正道上收效不彰，用在邪道上倒事半功倍。

十、无数次"诈"的总和，还是"愚"。

总此十解，犹不足言甚解，盖智者往往不败于智者之诈而败于愚者之诈，乃知愚者勿可轻也，且愚人多半是福人——君子远福人。

新逮到野马，驯师拍拍它的汗颈：

"你要入世呀！"

他说：我已经告诉大家我要堕落了，怎好意思就这样上进起来呢。

一个清早,但丁醒来,敲了七下钟,天色渐明,史学家把这叫做"文艺复兴"。很多年后,但丁又醒来,敲了七下钟,黑暗……仍然黑暗,有人劝但丁再敲,但丁说:我没错,如果敲第八下,倒是我错了。

达芬奇的公式"知与爱永成正比",似乎缺了一项什么,寻思之下,其"知"其"爱"已饱含了"德"。

"我小时候,有一天傍晚坐在楼梯口睡着了,忽然觉得被人抱起来,一级一级上去,迷糊中知道是爸爸,他的胸脯暖暖贴着我,烟草的气味,鼻息吹动我的头发,可惜楼梯走完,进房放在床上,脱鞋盖毯,我假装睡,又睡着了。下一天傍晚,估计爸爸即将到家,我便坐到老地方去,闭上眼,一动不动……

'这孩子真糊涂,怎么又睡着了?'

小人被大人用指节骨击在头上,叫做'吃火爆栗子'——我的悲观主义大概是从那时候开始的。"

我说:"没什么,你爸爸缺乏想像力。"

历史、时代的进展,既非周而复始的轮回,亦非螺旋形上升,十三世纪至十六世纪,欧洲天灾不断,瘟疫流行,怪谁呢,一切都归罪于长得美貌的女孩,烧死她,淹死她,魔鬼,女巫,妖精……二十世纪,她们是时装模特儿,每天没有五千美金的报酬是不起床的。

偷懒绝招之一:
教育家认为应靠宗教信仰来提高道德素质。
之二:
经济学家主张由慈善事业以解决民生问题。

野生的,贵族的,玩世甚恭的野生贵族——确凿见过几个,就只几个。

不管你以为与卡夫卡多相熟,他总有点暧昧。
"是有罪心理产生了他的艺术?还是艺术产生了有罪心理?"

乔伊斯·卡罗尔·奥茨这一问就问傻了自己。

有罪心理酝酿了卡夫卡的艺术。艺术酸醅了他的有罪心理。

听到普希金对贡斯当的《阿道尔夫》的赞赏，我又快乐了半天。

海涅是第一个道出希腊的神与基督教义的冲突（真奇怪竟有那样长的年月两者相安无事），后来，许多作家纷纷议论这个问题，详审、该博。海涅冲谦地表示了他曾以一己之顿悟，启迪了别人，他也不忘添上一句："他们都没提这位领头者的姓名。"

有些事，就这样自己不啼，鸦雀无声，所以还是麻烦自己啼一声的好，让人家便宜，莫让人家便宜太多。

人性，忽然对"人性"茫无所知。

在西方，下雨了，行人带伞的便撑伞，无伞的照常地走，没见有耸肩缩脖子的狼狈相。

在西方，道途两车相撞，双方出车，看清情况，打电话，警察来公断处理（从出事起到警察到达之前，双方不说一句话）。

仅此二则，立地可做的事，在中国，一百年后也未必能做得到。

甲为了乙的安全，劝告乙：

"你的那几个亲密者，看来都不一定是君子，倒有点近乎小人，可能将会祸害你。"

乙（大声）："你有什么根据？"

没多久，祸害迭起，几乎弄得乙家破人亡。

乙对甲的预见和判断，一点也不佩服，乙佩服是那些祸害他的人，用心之险、手段之辣、意志之强，非要乙吃亏上当不可，乙向甲谈到这些时，眉飞色舞，佩服极了。

于宗教，取其情操。于哲学，取其风度，有情操的宗教，有风度的哲学，自来是不多的，越到近代，那种情操那种风度，越浮薄越衰，只有在非宗教非哲学的艺术中，还可邂逅一些贞烈而洒脱的襟怀和姿态。

不必讳言艺术曾附丽于宗教，艺术也曾受诲于哲学，而今宗教、哲学都老了，还是艺术来开门，搀扶宗教、哲学进屋里避避风雨、喝杯热咖啡，天气实在太坏。宗教、哲学、艺术，都不快乐，靠回忆往事来过日子总不是滋味。

"毋友不如己者"，毋友太不如己者吧。

近年来与童明先生不晤而谈"尼采"，多半可说是关于这一精神血统的人物志的演义，我自来海外，亦屡有发现，渐渐心也静了，反正这一精神血统的苗裔没有断绝。童明却继续寻访，真会继续发现，电话中奔走相告，若贺庆节，我们这种窥人隐私似的行径，幸亏是宏伟阳刚的对象，故亦显得磊落无愧恧。尼采之后的尼采消息既如上述，尼采之前的尼采是东方先于西方出现的。童明说："西方悲剧精神惯以黑作徽章，宣示、咏叹，都意味着黑，东方好像不讲黑，讲恬淡空灵。"我说:"也讲黑,玄,就是黑,不过中国哲学是知黑守白,企望最终形成透明,虽然道家禅家都未能抵达这个顶点,而取向和趋势无疑是童贞透明(童明一笑)——尼采的'三变',三种境界,东方西方能参入成事者都止于一变二变,那第三变(第三境界),至今犹为东西方的共同向往。西方哲学是壮年哲学,东方,是老年哲学,要回到青年也回不去,怎能回到童年。问:何以尼采精神弥漫于尼采之前尼采之后?答:正可就此大现象,佐证尼采是艺术家而非逻辑学家,他明白,建立体系,那是大题小作了。尼采之后,精神胤嗣们各以一己之性格折射强光,然而说完也就要完了。"童明好奇:"尼采、尼采哲学、尼采精神血统,智者中的泛尼采现象,能不能一言以蔽之?"我想,也许是——"最大可能的叛逆",李耳、庄周都叛逆得厉害,李重仪态,庄矜风姿,故庶士看不出他俩内心的暴烈,白发苍苍的耶稣必是个大叛逆者,四福音书中已经多次流露征兆。凡是伟大的,都是叛逆的。

与童明先生夜谭,这次到此为止,祝他在兴奋中渐渐入眠,年轻的博士,不该贸然让他知道"最大可能的叛逆"是假想出来的，我们有什么可叛可逆的呢，我们什么也没有——潘多拉的盒子在打开之前就是空的。

翩翩不富

青 春

青春真像一道道新鲜美味的佳肴,虽然也有差些的,那盘子总是好的。

面 子

错,没面子,改错,有面子。他认为:要我改错,太没面子了,于是撑着,矢不改错,继之,更豪迈:

什么面子不面子,现在不行这一套。

邪恶者

十足的邪恶者是不要同情安慰的,对谁也没有知心话。

直

歪来歪去,扭来扭去,歪不了扭不了时,大声说:我是喜欢直来直去的。

瞎　子

短见者把远见者看做瞎子。

完　璧

"你会见到,将来我是一事无成。"
很轻松,完璧归赵似的。

先知无眠

先知在故乡是不受欢迎的,先知在家中是没有床位的。

神的吝啬

上帝始终不给我朋友,只给我小说的题材。

两　代

一位远远超越时代的思想家,他的学生说:老师和我是两代人。

昨　夜

昨夜才真正有点懂得耶稣为什么要替门徒洗脚了。

让 一 步

到后来,总还是看在愚蠢的份上,再让一步。

人依赖你

人依赖你,你稍一欠动,他就恼了,怨怒你不通情理,辜负他对你的信任。

答

答非所问,其实已经是答了。

宠　人

钱不寄恩人,有一点钱赶快寄宠人。

沙漠远景

据说:文化沙漠必然导致文艺复兴。

有

有植物人,有动物人。

四个态度

彼佳,彼对我无情——尊敬之。

彼佳,彼对我有情——酬答之。

彼劣,彼对我无情——漠视之。

彼劣,彼对我有情——远避之。

生　命

生命是极滑稽的,因为它那样地贴近死。

论滥情

轻浮,随遇而爱,谓之滥情。多方向,无主次地泛恋,谓之滥情。言过其实,炫耀伎俩,谓之滥情。没条件地痴心忠于某一人,亦谓之滥情。

虚　空

虚空之为虚空,就在于"生"是必死的,"死"是无所谓死的。

上帝之间

艺术的上帝曾经与宗教的上帝过往频繁,后来,渐渐地也疏阔了。

回到莫扎特

所谓"回到莫扎特",用"回到莫扎特"这句话是词不达意的。

爱 大

爱大,情仅是爱的一部分。

玉在哪里

几许学者、教授,出书时自序道:"抛砖引玉。"
于是,一地的砖,玉在哪里?
况且引出来的玉,故不佳,佳的玉是不引自出的。

奇异宠物

谈到他的缺点时,他便紧紧搂住那缺点,一脸憨厚的笑——缺点是他的宠物。

比

文化,西方衰落,东方堕落,西方还可比的是谁衰落得慢,慢得有样子。东方没有什么可比。在中国,至多发生这样的好光景——晚上吃早餐,总算也吃过了。

幸 亏

自己的文章改了又改,幸亏我不是外科医生。

天鹅与壁虎

是天鹅,就别飞进哲学,哲学里全是墙壁,一展翅立即碰壁,那么哲学家又怎样的呢,他们可以,他们是壁虎,Gecko Japonicus。

永 恒

如果米开朗基罗在雕大卫时,知道三天以后这件作品将被炸毁,他一定歇手饮酒去了。

"永恒"的观念,迷惑着艺术家。

开端·尽头

人对宇宙的探索是刚刚开端,而对自身的思维感觉的解析已到尽头?

二事在怀

惩恶的战争之胜利,饱含着爱的性欲之满足。

王尔德说

说"除了诱惑,我什么都能抵抗",为何不说"除了不抵抗,我什么都能诱惑"(对不抵抗者施以诱惑,太乏味了)。

店　面

中国人的脸,多数是像坍塌了而照常营业的店面。

答青年问

人是浪漫得起的,浪漫不起的还好算人?

仅就功能言

撇开美学观点,仅就生理功能而言:眉淡眼小,鼻扁牙龅,臂低腿短,胸平肩削,颈细背弯,发稀毛疏……皆非良征。

好译笔

"你须真知灼见,度此暂生,当是刻刻赴死,人越死于自己,则愈活于天主。"

"余睡,甚乐,不如长眠之尤乐,苟此世卑污耻辱一日尚存者,可怜我,轻声,莫醒我。"

这样的译笔,不免也佩服了。

线　味

曲线甜,直线咸。

故意的简化

都去做骡,那么马呢?

(谨将伍尔芙夫人的隽语简译一过,会心者当知何所指,不会心,也省得噜哗)

十朋之龟

"无为"是一种"为",不是一种"无"。

"吾闻中国之君子,明乎礼义而陋于知人心。"此话庄周以为是温伯说的,鲁迅以为是季札说的。我想总之是某个古早的中国人说的,而且由之可见庄周、温伯、鲁迅、季札都太忠厚,中国的君子者,大抵假借礼义为的是噬人心,使被噬者自以为殉了道。

中国人总是闹哄哄,偶尔静下来,是在酿制更闹的闹哄哄,兵营如此,僧庙如此,殡仪馆如此……

他说:

别恭维我是什么出类拔萃,哪有类哪有萃可出可拔呵。

没有自我的人的自我感觉都特别良好。

"智慧将我们带回童年",意思是带我们出童年的并非智慧。

花,那些花,所有的花,都很严肃。
自然界中任何美丽的东西一律是十分严肃。

信仰是伟大的绝望。
《约翰福音》第七章,第二十七节:
"只是基督来的时候,没有人知道他从哪里来。"
第十二章,第三十七节:
"他虽然在他们面前行了许多神迹,他们还是不信他。"

"你们听是听见,却不明白,看是看见,却不晓得。"

绝望是伟大的信仰。

"没有道德的上帝是可怕的。"康德已经在怕了,怕得说出这样的话来。

天地不仁。天网疏而不漏——李聃既感叹宇宙无德可言,又希望有因果报应来为人伸张正义。

"真理",无论作为实体或作为观念以认知,它必有一个对立的架构,那么,与真理对立的架构岂非恒与真理同在,那么"真理"实在不可能。

斯人之出也,治大国如烹小鲜;斯人之息也,烹小鲜如治大国。

与极权主义的暴君暴民苦苦周旋数十年而不自殒灭,所持者大无畏精神及小心眼儿。

明朝亡了,汉人讲究饮茶了。

茶宜独饮,对饮便劣。

李清照评秦观的词"专主情致而少故实",使我想了想,以为中肯。我仍然非常喜欢秦观。

诗主情致,亦当具故实。

在作为炎黄子孙的年代中,区区亦曾老实得像火腿,热情得像砂锅,忧郁得像皮蛋。

"辣"是味之王,"鲜"是味之后。

辣,本身并没有什么,它能强化各种味,统摄各种味。

鲜,使食物发生魅力,而MSG(味精)却是巫婆,化做假皇后。

彼等诉称为"弃儿"。历史、时代并没有遗弃他们。他们是自暴自弃的弃儿。

择善固执者鲜,择恶固执者夥,普遍的是择愚固执,分不清善恶。

予喜雨。雨后,尤难为怀,肖邦的琴声乃雨后的音乐,柳永的词曲,雨后之文学也。

区区人情历练,亦三种境界耳,秦卿一唱,尽在其中:初艾——新晴细履平沙。及壮——乱分春色到人家。垂暮——暗随流水到天涯。

天堂地狱,一样是哑口无言,唯人间可以嬉笑怒骂,再加上恬淡的噜哜,险恶的雄辩,至死尚有话说的烈士、隐士,都使人间丰饶可恋,虽云如梦,其味逼真。

虽然终年索居,晨起后枕褥的零乱,像是一桩罪孽,清刷整理既毕,又像是一番自赎。常为别人的卧室卧具的不成体统而深有感喟。这样的日常功德都不能履行,何况其他的,昼间行径——不知其人观其床。

忠是愚忠，故逆起来是愚逆。

曲学阿世，得有点本领，学太差劲，曲起来就蹩脚。但遇上了混乱的无知的"世"，倒也用不着讲究"学"，随便"曲"曲。这个"世"就被"阿"得浑陶陶了。

有一种人是这样的：你看不起他，他就看得起你；你看得起他，他就看不起你。

在莫扎特的音乐里，常常触及一种……一种灵智上……灵智上的性感——只能用自身的灵智上的性感去适应。如果作不出这样的适应，莫扎特就不神奇了。

爱情本来就没有多大涵义，全靠智慧和道德生化出伟美的景观。如果因爱情而丧失智慧和道德，即可判断：这不是爱情，是性欲，性欲的恣睢。凡是因爱情而丧失智慧和道德的人，总说："请看，为了爱情，我不惜抛弃了智慧和道德。"

多少飞扬跋扈的开国帝君，在缝第一针时就忘了将线尾打个结。

哲学著作终其极还只是呈现哲学家的品性，于是，斯宾诺莎、康德比黑格尔、谢林好。

智者，无非是善于找借口使自身平安消失的那个顽童。

艺术有蒂，蒂不显，不悦目，小而固结，初令人费解，曾以为累赘——这就是艺术家自身的贞操。

《厚黑学》新解：专制使人皮厚，开放使人心黑。

拿破仑在奥地利，身体那么好，拿破仑在埃及，黑死病要染也染不上。拿破仑在俄罗斯，胃病大发，误了军机，拿破仑在滑铁卢，痔疮加剧，肛口脱出一截，根本无法登鞍。是故任何一种天才，都应拥有好好的胃，以及好好的其他生理器官，因为各有各的俄罗斯、滑铁卢，今天没轮到，明天会轮到（死后也还会轮到，所以死也要死得健康）。

人格化的神，才与人同在，同经验。世界秩序，不与人同在同经验，不能称之为理性的世界秩序，只能称之为超理性的世界秩序。所以世界秩序与宗教不能等同。人格化的上帝不可信，世界秩序可探索而无从信。普朗克在中学时代初识"能量守恒"这条原理，他说他把它当做救世的福音。福音，旨在救世，功利性至为明显，而能量守恒毫无人伦上的功利性，这条原理不能救世，怎会是福音呢。大物理学家，都有大乡愁，离上帝愈来愈远愈想回到上帝那里去，即使那里没有上帝，也想回去。

詹姆斯·乔伊思的"流亡就是我的美学"是很阔气的。不用那样阔气，美学就是我的流亡。

粗粗观察某个人，把他归类，比如一些物件，分别放在各个抽屉内,待到要考究此"人"时,如开抽屉取物件,"人"脱出其类别,单独对待之。

"典型"(典型人物、典型环境、典型事件),文艺上的"典型论",就是在抽屉里炒物件,炒到后来索性炒抽屉了。

粉笔写,随即擦掉——女人是粥,男人是饭。

赍于丘园

音乐主体

儿时初聆巴赫、舒伯特之曲,全靠手摇的留声机,唱片槽纹每有损伤,而当年的感受,与后来的激光音响所传递的,并无多大差异。真要说差异,那是童年声声入耳,心不二用。成年会连带作曲技术上的品第。再后来,音乐是又亲昵又疏离,彼此都知恩而无由报德似的。音乐本身则还是那样,一点没变。

"一首曾经给予美妙印象的乐曲,总是超乎拙手弹出的不入调的声音之上的。"普鲁斯特此话，意犹未尽者是：一首曾经给予美妙印象的乐曲，总是超乎高手弹出的悦耳的声音之上的——被人看得如此重要的演奏，多么次要呀。

善之误

当你对善良的人说："别让人利用你的善良。"可知你是已经被人利用过不止一次两次三次了。而那善良的人也不会是首次被人利用——这也总还来得及，从此谨慎，莫再糊涂。可是那善良的人听你这么说，会不会在心里想："他要来利用我了。"

此类脚色

与无聊人说无聊话，呢呢喃喃两三小时犹勿知休，此类脚色一上正场必是钳口结舌，顾左右而不能言他。

贝多芬遗事

贝多芬只有一个,他的侄子卡尔何止千千万——你也有个"卡尔"吧。

贝多芬的伟大,不是一个卡尔所能扳倒他,但已经弄得心力交瘁。如果你并不比贝多芬更伟大,那就赶快与你的"卡尔"绝了,长痛不如短痛,何苦再像贝多芬那样仁慈自虐呢。

(注:卡尔说:"伯父要我上进,所以我要堕落。")

低能儿的特征

低能儿只有一个特征,看不到别人有何优长。

青春短长

都有一份纯真、激情、向上、爱美、生动慧变的意境,亦即是罗曼蒂克的醇髓,几乎可说少年青年个个是艺术家的坯、诗人的料、英雄豪杰的种。

青春将尽，天赋的本钱日渐告罄，而肉体上精神上开支浩繁，魔鬼来放高利贷了。这个人人难逃的律令，人人全然不知，像感觉到童年，童年已逝的道理一样，青春也不自识，更不自识，因为从童年到青春是柔润发旺的进程，而青春既尽，急转戾燥干涸，其势趋下，畴昔的纯真激情向上爱美都是天然而然，过后都是天不然而不然，唯少数中之尤少者，将坯炼为器，料提为品，种开花结果，于是其纯真益粹，其激情愈湛，其向上尤峻，其爱美至挚——原来天赋的本钱可以用得如此阔绰，似乎有什么秘诀，秘诀在于"知青春之宝贵"，而那些向魔鬼举债的人呢，没有觉悟青春之宝贵，反使鄙薄青春，斥为幼稚胡闹不值一顾，自诩从兹脚踏实地，那实地往往是沼泽，再也无能振拔。

清明，练达，是指获得了第二度青春，在更高的层面上占有青春的优越性。

青春是一种信仰，几乎可以作为一种伟大信仰来对待。

伟人之母

伟人的母亲总是悲苦的,她比儿子先背上十架。

无形的悬崖

足以粉身碎骨的悬崖,人人都知守住一步之差。必将落得声名狼藉的无形的悬崖,总觉得劝谏者夸大其词,于是,失足直坠深渊——懊悔是痛苦的,而多半要懊悔的事以不及懊悔了事。

或人之洋

服装举止一落洋派,生活细节事事占洋气之先,于是越洋而抵欧美——土了,陌生了,与西方精神格格不入,日夜想故国,想家,想那个房间,那晏觉、午睡,夜来四两白干……

西方精神与东方精神,一体之两面,倘若与西方精神格格不入,那么于东方精神也不及格、不入格,根本没格儿。试想庄周、嵇康、八大山人，他们来了欧美，才如鱼得水哩，嵇康还将是一位大钢琴家，巴黎、伦敦，到处演奏……

论 流 氓

流氓历来就分两类：下流氓，上流氓（向下流的氓，向上流的氓），下流氓是歹徒，姑不论。上流氓趋向游侠，每以恶的形式臻于善，甚或至善。

思想的图像

思想像管子，只要不断，就越拉越细。A. 纪德亦有此说，他以诗明之，点到即止。今容质言之：盖思想之妙玄，全在于运力拉而不断，若说近代思想家或有强过古代思想家之可能，庶几乎昔粗今细，细之又细，无奈快要断了，那将是无以为继的。

熟道·陌路

在精神世界经历既久，物质世界的豪华威严实在无足惊异，凡为物质世界的豪华威严所震慑者，必是精神世界的陌路人。

一　对

使人受骗上当，是其乐无穷的，所以要去使别人上当受骗。

受骗上当，是其乐无穷的，所以要去上当受骗。

骗者和被骗者是很投契的一对。

伤·毁

刀枪伤身，语言伤心，一句恶毒的话足使人完全绝望——绝望，就绝望在眼看那忘恩负义者以自毁来毁人。

三句话

写了三句话,第一句逗人微笑,第二句引人大笑,第三句招人狂笑。

第一句暂留,第二句待决,第三句划掉。心里偏爱的是第三句,而艺术是另有摩西的,他的诫命是:不可随心所欲。

浪子回头

浪子把头都浪掉了,怎么个回法。

道·盗

畴昔之夜,盗亦有道,当今之世,道亦有盗。盗亦有道是一个感叹,感叹有道之盗毕竟太少。道亦有盗是一个愤慨,有盗之道太多,道是这样被盗光的。

伪善与真恶

以善得天下，以伪善治天下，伪得不耐烦，伪得漏洞百出，乃直接恶——回想当初将得而未得天下时，大家以为从前的善还不算善，这次可是真正的善了，因而纷纷投奔，共襄大业。再回想当初伪善开始运作，大家精练作伪的功夫，小伪伪不过大伪，文伪伪不过武伪，大伪武伪到底也败于真恶。

"善"无人信矣，"伪善"戏法穿矣，际此将失而未失天下时，上过当吃过亏的人，先要弄清那"善"的理论前导就是狂想妄想，不符人情物理。再则"伪善"之风起得极早，开始以"善"为标榜时，尖端人物的作伪伎俩都已十分到家，中下层的伙计们，不太清楚"善"仅仅是幌子，是手段，所以芸芸中下层不乏真善者，以致到了将失而未失天下时，还有人感叹事情之初确乎是真善，后来变质了才发生伪善，凡持此论调者，虫有大小，其糊涂一也。

伪善大作，不久就索性恶了，因为伪是辛苦的，煞费心机，既然王权在握，江山铁铸，何必再烦于弄玄虚，但想想又觉得还是伪善最妥当，伪善的经验也最丰富，尽管被讥为陈腐拙劣，还是老老脸皮照伪不误，至此，真恶的全过程毕露无遗。

故其所谓善—伪善—恶—再伪善……始终都是恶。

蒙田一叹

蒙田曰："人是会变的。"论说法，这样悄然带过，自然是命意深，涵盖广。这是一声浩叹，非警句，也非格言，点到而不能不为止，够通俗了，再通俗则"人是会由好变坏的""人是会由较坏变为极坏的"。

蒙田的原话，没含有"人是会由坏变好的"欣悦祝福之情，此话予我的感觉是：蒙田说了之后，对"人"的研究，废然作罢。

才德兼无

"才德全尽谓之圣人，才德兼亡谓之愚人，德胜才者谓之君子，才胜德者谓之小人。凡取人之术，苟不得圣人君子而与之，与其得小人，不若得愚人；何则，君子挟才以为善，小人挟才以为恶，挟才以为善者，善无不至矣，挟才以为恶者，恶无不至矣。愚者虽欲为不善，智不能周，力不能胜，譬如乳狗搏人，人得而制之。小人智足以遂其奸，勇足以决其暴，是虎而翼者也，其为恶岂不多哉。"

司马温公固健辩，庸讵知后世竟有：

行政干部无才便是德，

技术干部无德便是才。

呜呼，温公有知，资治之鉴，至于难通矣。

丽泽兑乐

其实"为艺术而艺术"高唱还未入云,普罗文学就浊浪排空了。

"叶芝竟能在两者之间,独持一项绝非折衷的正确观点。"

"艺术家,竭至诚于其精神劳作,自必为全世界尽力了。"

艾略特为何不直截说:艺术的路,正介乎"为艺术而艺术"与"为人生而艺术"之间。为何不索性说:本来无需持观点,可奈这边为艺术而艺术,那边为人生而艺术,当中就必得有一个观点了。

但艾略特毕竟已经表陈得很好。一九四〇年初夏,他在都柏林,为纪念刚谢世的叶芝,讲演临结束时,他用"绝非折衷"来评价叶芝的"观点",已经够中肯。而当年能持此"绝非折衷的正确观点"的艺术家不止叶芝一人,叶芝尤其俊杰,至今也令人感佩。感佩其俊杰。

此外,差堪回顾的是,为艺术而艺术者由于道义纯厚,为人生而艺术者由于技巧高明,大抵成全了可诵可传的作品。又此外,那刻意为艺术而艺术而不知其他者,那力主为人生而艺术而不知其他者,大抵没有得到"艺术"没有得到"人生"。

公案早已具结,而在中国,这样两种思潮都不求甚解,等于都没有来过。

时下正有更多的思潮冲入中国,大抵又将莫名其妙,都活活等于没有来过。

欧洲史上,每隔一百年,总会出个蒙田,出个帕斯卡尔,更仔细些看,每隔五十年,就有蒙田型的和帕斯卡尔型的人物在对话。中国,从前也有司马迁型的韩愈型的人物，断而不绝或隐或显地存在过，后来没有了。似乎很干脆，没有了就没有了。

文学家主写作，写作以外的活动，即使是"文学活动"，意义也平常——但出现了专以文学活动取胜的文学家。

也好，文学的归文学，文学活动的归文学活动。一种叫文学家，一种叫文学活动家。

文学活动家如果不兼文学家，就更专门，精力更充沛，事业更容易成功——整个文坛以文学活动家为主。文学家而兼文学活动家者，其次。不兼文学活动家的文学家者，更其次。坛呢，仍叫文坛；不叫文坛叫什么。

不知爱，迷茫于色情。不知文学，写些浮薄伤感的诗。书是读的，从本国读到外国，伦敦、巴黎、西班牙……回归了，看看别人都在革命，他也革命，大家说他转化得不慢，新我否定了旧我……他没变，仍然不知爱而迷茫于另一种色的情，人劳动亦劳动，人膜拜亦膜拜，写些歌功颂德的诗，另一种浮薄伤感。不久被指控：凡是他写的译的书，都起着败坏青年毒害青年的作用，因此定了严重到致命的罪……

一个徒然迷茫于色情的人，一个仅写些浮薄伤感的诗的人，怎能明白自己最后的遭遇是怎么回事。在双重的不明不白中，他死去。

再后来，好久好久，那些与他差不多的人，差得多地还活着，忽然想到可以为他开个追悼会（不容易啊），想到可以把他的诗收拢来（不容易啊），有的写序，有的写编后记（不容易啊，大家都有一摊子事忙着哩），诗集出版了，好薄的一本，印刷简陋，简陋得花枝招展，里面有模模糊糊的照片、遗像、手稿，模模糊糊，很逼真，逼另外的真。

就这样，叫诗人。如果换了写小说的，就叫小说家。死的死去，活的活着，活着的可以为死去的写序写编后记，说些风凉话，摆摆老资格。也没有多少好说，只是说了许多，没有多少好说而说了许多，就说明着一件事：死去者活着者都模模糊糊。

唯一有意思的是，研究中国现代文学的外国人，就要看这种诗（或小说），大抵这些外国人与其所研究着的诗（小说）的作者，是差不多的，与写序者写编后记者也差不多，或者，更模模糊糊。

那些到后来皈依宗教的文士，其中有人诚然执著了信仰，使自己的一份才艺也供奉于至尊者。而其中另有人（颇多），只因本身无真可归无璞可反，虚荣好胜之心一贯炎炎不止，便假借神的名义，以超越凡俗——凡俗容易超越，否则不叫凡俗了——至此，应可歇歇，但这类人的保养有素的自我感觉，至此愈加良好，那张灵光焕发的脸，需要到处去丢，凡俗者们非常欣赏这种丢过来的脸，接住了，把它挂在壁上。

"五四"迄今，文学的发展过程是：一种文艺腔换另一种文艺腔。初始是洋腔，继之是土腔，后来是洋得太土、土得太洋的油腔。

这样分说，如果中肯，那么过去的半个世纪内，土腔克洋腔、油腔克土腔，倘若再有什么腔来克油腔，也就可以了吧。

不幸这样的分说没有中肯,"文艺腔"之为"文艺腔",每次都弄得有"腔"而无"文艺",大家纷纷追求"腔",一旦"腔"到手,便登堂入室坐交椅。文艺青年们,一触及"腔",认知这是"文艺"——并非"文艺"不存"腔"将焉附,反使"腔"不发作"文艺"就出不来了。半个多世纪写的写、读的读、写的读、读的写,文坛是个转坛,左转极则右,右转极则左,到了脱离"腔"就不成为"文艺"时,自然是没有"文艺"只有"腔","腔"了半个多世纪还得再"腔"下去。

臻于艺术最上乘的,不是才华,不是教养,不是功力,不是思想,是陶渊明、莫扎特的那种东西。

"现代"是个很奇怪的时期,陶渊明、莫扎特如果生于现代,欲使其文章其音乐臻于最上乘,除了他们原有的"那种东西",还得加以"另一种东西"——因此"现代"真是个很奇怪的时期。"后现代"自以为还要奇怪,其实事情弄坏了,"后现代"不明白"现代"的奇怪究竟奇怪在哪里,所以"后现代"把事情弄坏而后已。

日昨陪几位朋友上博物馆谈谈,在伊斯兰艺术的联室中放缓步趾,我既不知趣又像主持公道地说:"世界早已精致得只等毁灭。"

从前有一儒生(类乎当今之作家)、祖传二锅而没有下锅的米了,决计卖掉一只以买米来下锅。

儒生(作家)找到了寄售商号,店主将此锅斜靠在临街的显眼处。

儒生(作家)讨得纸笔,写了"出卖旧锅"——贴在锅边。

行人甲道:

"第一字可省,意思够明白。"

儒生(作家)恍然了一下,便把"出"涂掉。

行人乙道:

"摆到这里来,总是要卖的。"

儒生(作家)又恍然了一下,便把第二字涂掉。

行人丙道:

"你怕有人会认作新货么?"

儒生(作家)大大恍然了一下,便把"旧"涂掉。

行人丁叹道：

"谁不知道这是只锅呵？"

儒生（作家）竦身恍然了一下，扯下那纸，撕碎。

但事情还没有完，君不见当代的书店里……

张三小说集张三著；

李四诗选李四著。

如果有人印了一部书：

章太炎文集章太炎著

恭恭敬敬捧去见章老夫子，不遭老夫子破口大骂乱棒打出才怪哩。

艺术家凭其作品得以渐渐成熟其人。

在自己的作品中，艺术家才有望他本身趋于成熟。不仅人奇妙，不仅艺术奇妙，奇妙的是人与艺术竟有这一重严酷而亲昵的关系；别人的艺术无法使自己成熟，只有自己的，才行——重复三遍了，为什么重复三遍。

（赘注：通常的高明之见是：先做人，而后做艺术家；人成熟了，艺术随之成熟——且看持此格言者，一辈

子吃夹生饭,动辄以夹生饭飨人)

笑话两种,其一,说者不笑,聆者笑或大笑,说者在心里笑聆者之笑。另一,说者肃然,聆者笑或大笑,说者不明聆者何以笑。"中国在近五年十年内,将产生伟大的文学作品"——属于前述两者中的其一?另一?

这类预言家,不大可能是"伟大的文学作品"的撰著人。

伟大的文学作品,在经营时(在尚未动工时),主者不觉得它伟大,不觉得它一定会伟大。倘若主者时时觉得它伟大,那么结果恐怕是不伟大的,结果有可能是阿世玩世混世欺世的东西。

"中国在近五年十年内,将产生伟大的文学作品"这一论断性的预言的附和者,也不大可能是"伟大的文学作品"的撰著人。万一,真出了"伟大的文学作品",预言家及其附和者是不知道的。世上已有定评的伟大的文学作品,他们当然承认、崇仰,而他们实在不明白这类文学作品伟大在哪里,如果他们稍稍明白一点,他们就不致作出这样的预言,不致去附和这样的预言。

甲乙二人在路上走。

甲说：

"五分钟十分钟内我将捡到一个钱包。"

乙说："那是必定的。"

伟大的文学作品比钱包更偶见，钱包一望而知，伟大的文学作品往往不容易解，难呀，读已是这样难，写就更难上加难了，然而《史记》难不倒司马迁，《红楼梦》也难不倒曹雪芹，在蚕室中发出一阵紧一阵的呻吟声时，在黄叶村夜晚小屋破窗里响起啜粥声时，未知有没有人断言"将产生伟大的文学作品"了，谅想还不会有，因为，虽然中国文人向来是迂阔的多，而那时候还不致迂阔到像现在这样的豪迈，这样的商业广告气。

"中国之君子，明于礼义而陋于知人心。"

一千几百年前就有人如是说。

中国乃君子国，小半是明于礼义而陋于知人心的君子，大半是凭借礼义而摧残人心的伪君子。伪君子之能千百年占优势、掌实权，正由于有君子在附会他们的势、支持他们的权,因为,君子是明于礼义而陋于知人心的呀,只有到了伪君子责怪君子明于礼义明得不够明,陋于知人心陋得不够陋,君子才叹苦,一叹苦,伪君子便把君子宰了。可见中国的君子之陋于知人心陋到什么地步,连伪君子的"人心"也揣摩不透。

中国人都是急性子,耐心也真是好极了。

与尔靡之

奇迹间的直线

衣修午德发现会画水彩画的交通警察,梅里美遇见耽读《帕斯卡尔随想录》的强盗,斯坦尼斯拉夫斯基觅得唱起来不用换气的乡村歌手——世界平凡,却处处点缀着小奇迹,我也曾问那肉店的犹太老板,他说他擅写十四行诗。

像古代的天文图,几颗星,其间加上几条直线,便成为某某星座。我也喜欢在小奇迹与小奇迹之间加添直线，冗长的人世经历，因之有过不少星座，名称瑰丽得于今思之反觉寒酸。

直线加腻了，听凭它们单个单个存在吧，这样，终究不致沦为知识上的唐乔凡尼。躯壳自顶至踵地衰朽，它与我的心灵日益异离，假苦行主义，伪享乐主义，幢幢往来的现世男女，没有一片丑陋的云，没有一朵恶劣的花，谁真能宣明自然形态的优越性的原理呢，再要端坐在流苏垂垂的帷幕下，桃花心木的圆桌边，一盏卡谢尔式的灯，从头试论自然形态的神乎其神，已显得顾左右而难于措辞，只能说我们从前有过很多，现在我们什么都没有。

最坏的苦痛

"说出那些最坏的苦痛，也就是说出了我的苦痛。"

"最坏"是什么性质呢，最无辜？最耻辱？最莫名其妙？最难解脱？可惜我未能面质亨利希·海涅。

所幸我完全领会他说这话的用意之恳挚。

大战正在以后

人脑的功能，大致分三等，一等是主呼吸心跳诸活动的部分，称为"生命中枢"。二等是主语言举止感觉的部分，称为"功能区"。三等是相对地不重要的部分，称为"静区"。在某一区内集中着某一功能的神经细胞，而大脑的其他区域也散布着此类细胞。

人脑总共约有一百亿至一百五十亿神经细胞，经常处于作用状态的只有十几亿，百分之八九十的神经细胞可谓闲置着，或可谓休眠着……

人脑，上帝与魔鬼必争之地，大战正在以后。

只有三棵桑树

路的左边两棵，停车场转角一棵，如果没见到桑葚，不知这就是桑树。

记忆中的桑是矮而多瘿的，总以灌木视之，却属于落叶乔木科，从未注意桑之花，据说很小的，淡黄，穗状花序，自儿时迄今，真没有赏及它的花。桑葚的紫,紫得有幻意,说这颗桑葚很大,指它比其他的大——者般小的果子,竟有饱满、肥硕的喜感,如若枝条上结着很多紫葚,仰视时就全不在意桑叶,只见热闹的和善而有些耿介的葚子。

江南的故乡的人们称桑葚为桑果,Sorosin是可译作"桑果",复果之一种,全体为众花簇聚所成,纯属浆质。每年春来,遍野皆是,却不许孩童吃,难免已被黄蜂毛虫叮过,而且桑果性热,吃多了,早晨流鼻血。

桑葚是我童年的禁果,而今在异国摘食桑葚,禁令解除,吃至十来颗,就忆不起更多的童年情景。

他们的唯美

爱因斯坦被自然界的数学体系的简洁优雅吸引住了。玻恩认为广义相对论是哲学领悟、物理直觉、数学技巧精彩合成的一件瑰玮艺术品。彭加勒的研究自然,纯粹是从中取乐,如果自然不妩媚,就不值得劳神苦思。狄拉克一再声称,方程式中所具有的魅力,远比它符合实验更为迷人。

康德的判断:"对自然美抱有直接兴趣,永远是心地善良的标志。"此话可以反说,凡已不复善良者,乃对自然美丧失了直接的兴趣。

常人对自然美的兴趣是间接兴趣(假托、移情、想入非非),唯有对自然美抱有直接兴趣者,才是心地善良的标志。

泛神论二解

一解,已由叔本华道明——泛神论是客客气气的无神论。

二解,企图协调神与人的比例关系,一切都指归神,当然就"神与人同在"了。可是神解体之后,渗入无限小,扩向无限大,更与人不成比例。

莱布尼茨、牛顿是茫然而权且安于此失度的比例之中吗?斯宾诺莎是否隐隐感到事情有些不妙。

后来,泛神的观念愈泛愈远,爱因斯坦、普朗克、康托尔、法拉第、爱丁顿、康普顿,都泛得不考虑比例,只有那几位自杀的科学家俦里,可能有知此"比例失度"

的伤心人在,既作不了有神论,又作不了无神论,一死,了之。

什么时期的神与人的比例关系最协调合度呢?

古希腊,古希腊人的比例观念最强,最高明,表现在雕像上、建筑上、神话上。

真实的幻觉

我一向知道樱花是不香的,亦未闻有谁道及樱花之芬芳。

在华盛顿的人工湖畔,沿岸樱花连绵,远远望去,云兴霞蔚,走近时一阵清甜的幽馨,不能不怀疑自己的嗅觉了。

上午十时,空气潮润,地面的草茵朝露未干,阳光从前面的数枝乔木间照进来,也许就是这样地水分慢慢蒸发,才形成馥郁的氛围。

(美国的花,玫瑰铃兰康乃馨都已不香,过分的"人工"使"自然"疲乏,这是极坏的征兆,等于在预告盐将失去咸味)

樱花含苞时是深红的，徐徐绽放，颜色渐淡渐淡，浅绛的樱花是盛开，近乎白的樱花就要残谢了，这样，我所闻到腌臜馤的那一带的樱花正是淡绛，再往前行，樱花都已白了，无气息了。

十多年来没有逢到过如此规模的嗅觉的佳境——嗅觉比视觉听觉更其形上，轻捷透彻，直抵灵界。

仍然有些疑惑，小湖畔樱花之香是一己的幻觉，那么我的感官已经病得可喜可贺。相信我记住了樱花的香型，能与梅花梨花任何花都区别得清楚。

想起了诺瓦利斯

每星期举行家庭音乐会，玻尔兹曼自奏钢琴，这位奥地利的大物理学家，性情幽默，风仪安详，倾心于科学之美，艺术之美，自然之美，哲理之美，家室和乐，名声显赫，一九〇六年，夏日，独自潜入森林，自杀。

德国科学家德鲁特也是一九〇六年自杀，四十三岁。

"在今天，许多人提出与昨天他说过的话截然相反的主张,这样的时期,真理已无准则,科学不知为何物,我悔恨没有在前五年就死去。"

——荷兰物理学家洛伦兹。

用自己的手,摧毁自己信仰过的精神殿堂,再建立一个全然陌生的窝,对于艺术家,也许以为得计,对于科学家,痛心、棘手,要殉道而无道可殉,他们的死,不是超脱而是毁灭。

普朗克对自己的发现(基本作用量子),一直疑惑不定,想使这个作用量子纳入经典理论中去,徒劳无益地努力了好几年,同侪皆为之太息。

伦琴亦为他所发现的 X 射线而深深苦恼,往昔的均衡恬静的心情,一去不返。荷兰理论物理学家埃伦菲斯特死,爱因斯坦悼言:"最近几年,他的内心冲突恶化了,那是由于理论物理学经历了暴风骤雨般的发展,一个人,要研究并且讲述那些心里不能完全接受的东西,总是太艰难的事,对于秉性耿直的人,明确性就意味着一切的人,这更是双倍的惨苦,正是这一点使他厌世,自杀。"

想起诺瓦利斯,十八世纪德国的 Novalis,柔发稀疏，玻璃花如的面容，不满三十岁就离开尘世，初次见到他的画像，就觉得以后会想起他，那种引人怜惜的脆弱，是否锋锐的灵智必定要有如此头颤然欲碎的形相呢，他曾说：

"哲学原就是一种乡愁的冲动，到处去寻找家园。"

科学，更是一种大乡愁的剧烈冲动。

困于葛藟

"旷达",仅是有情世界中所可能保持的一种态度,越出这个局限就不成其为态度。多少大智者都旷达到局限之外,竟从来没有人指斥他们的失态、无度。

"天上的星辰""心中的道德"之所以感动康德,谅想他认为星辰降临心中便是道德,道德升行天上便是星辰——苦韧的哲理终不免归于甜烂的童话。

"山"与"看"的三段论公案,事情坏在中间段上,大家假装看山不是山，于是理得心安地去看山又是山了。

看山不是山哪有这么容易，看山不是山是要死人的，毫无便宜可占，能通过这第二段的人寥寥可数，因而真的达到第三段的更寥寥得数也不用数。

李耳的理想是：看山是山，再看山是山，一直看山是山。李耳自己凄苦承受着"不是山"的折磨，寿又长，显得没完没了。"老子"，是个既尊敬又讪笑的称谓。

世俗的纯粹"道德"是无有的。智慧体现在伦理结构上，形成善的价值判断，才可能分名为道德。离智慧而存在的道德是虚妄的。如果定要承认它实有，且看它必在骨节眼上坏事败事，平时，以戕贼智慧为其功能。

智者有朋侪，甚或知己。特大的智者总孤独，万一生于同时同地有二三子，他们的脾气，他们的脾气实在合不来——唯一的不智就在于此。脾气即是命运。

在接触深不可测的智慧之际，乃知愚蠢亦深不可测。智慧深处愚蠢深处都有精彩的剧情，都意料未及，因而都形成景观。我的生涯，便是一辈子受智若惊与受蠢若惊的生涯。

如果司马迁不取孔丘的观点而持李耳的观点来治《史记》，这部作品就难想像有多伟大。

爱了一个美貌的人，日渐觉察此人痴，而其容颜仍有难违的魅力。居有顷，证见此人品性窳劣，自兹一天天看出其丽色的溏薄，丑陋的因子渗出来，渗遍全体，美貌沦亡了——很公道似的。

穆罕默德等山来电话，等了好久。
穆罕默德打电话给山，山不在。
这便是你们口口声声的现代、后现代。

精致而不止，不止而知适可而止，这是颓废。
精致而不止，不止而不知适可而止，就糜烂了。
颓废是悠曼的，希腊雕像启始就懒洋洋，取个站千万年不必更换的姿势,亲眼看到爱琴海,才知平静得要睡着了似的,一大片颓废的清水,何况当年的希腊是彩色的,我自幼认知的是单色的希腊,单色比彩色颓废,宗教比哲学颓废,男人比女人颓废,爱情比性欲颓废,户外比室内颓废,阳光比月色颓废,流亡比旅游颓废,未来比过去颓废……辣椒比蜜糖颓废。

当迟暮的哥德,重语长心地对爱克尔曼说:如果我所经历的过错,未能使后来者因而免于重犯,我岂非枉自痛苦了——哥德之前,圣哲们的过错,与哥德的过错全不相似么;德行也难新异得无前例,何况过错。

韩愈文章好。他的浅薄的功利主义无时不发乎膏肓间,《原道》篇中"道"与"德"的定义尽由他下,继之竟直指李耳坐井观天——李耳是坐天观井……韩愈呀。

孟德斯鸠的书,我至今常读。他自己说能终生保持怡悦朗净的心情,而"就像人在悲哀中才是人"这样的话,也只有由他道来显得格外中肯。而"成功之路,往往看一个人是否知晓要多久才能成功",更因为出于《法意》著者的切身体会,使当时还十分年轻的我呆呆估量了好久,想做几件差强人意的事,半个世纪无论如何是不够用的。中途落荒者,前功尽弃者,皆因昧于"要多久才能成功";青壮得志而一蹶不振,叱咤风云而晚节堕,岂非全是当初自以为已经成功了的缘故。五十年来在顺流逆流中总会记起孟德斯鸠那句话,顺亦不足喜,逆未觉得哀,我也并没有什么功欲成,只是十分不甘心失败而已。

天才与狂人相近——天才与狂人正相反,最醒惕,最和醇,最善自制自葆,最能瞻前顾后,庶几乎天才。

爱了一个人,没有机会表白,后来决计绝念。再后来,消息时有所闻,偶尔也见面——幸亏那时未曾说出口,幸亏究竟不能算真的爱上。

又爱了另一个人,表白的机会不少,想想,懒下来,懒成朋友,至今还朋友着——光阴荏苒,在电话里有说有笑，心中兀自庆幸，还好……否则苦了。

不能不与伪善者周旋时，便伪恶，淋淋漓漓地伪恶，使伪善者却步敛笑掉头而去。

别的东西如果不是这，可以是那，艺术品如果不是艺术，就什么也不是。

"爱"的内涵最丰满——爱，是简明的，简明得但凭其自身的热量引力是维持不了两个月的。

"爱"遇到波折险难，要在困境绝境中得到爱继续爱加倍爱，唯有仗使慧心和德操来与噩运争胜，奉献自身以佑福爱者，当此际，构成一个"人"的思维和感觉的全部功能都激扬起来，肝肠如火，泣笑似花，虽千万人吾爱矣，小说歌剧这样写这样唱，才可以长篇，唱几个小时。

"爱"是慧与德的天才学说。当今物欲横流魔火直走，接连几个愚而诈的朝代之后，爱已失传，天才不再降生，学说弃捐勿复道，其他的天才安于单独，爱的天才务必求偶,在爱的废墟余烬间,或人缅怀畴昔尊荣,残剩的慧心和德操要用也用不上,只落得图书馆内过生日,博物馆中结婚。

"爱"是生机,生之萃华升华,唯其萃华升华,"爱"与"死"最近。说"爱是死一般地强""爱战胜死",说法伧俗,且不知说到哪里去了。"爱"之与死近,是因为没有静止的爱,爱的宿命的动态使它随时要涌向极致,而生命无极致,在爱者心目中生命太像是有极致的,生命有什么极致呢,所以这个极致只能是死,一定是死。

生命好在无意义,才容得下各自赋予意义。假如生命是有意义的,这个意义却不合我的志趣,那才尴尬狼狈。

朋友走上歧途,行将跌入深渊——谏之责之,以哭以怒……彼无动于中。

噩运会来,那么噩运会去,但在噩运中丧失了品格,事事无行，卒为亲师俦友所不齿，待到噩运过后，又能如何呢，不甘寂寞，找些浮浪之徒来厮混，与在噩运中时有什么两样。如果天性纯良，噩运损伤不了内心，如果天性十分纯良，会反弹出一种自卫力，所谓"显出骨子来"。可是噩运之噩，噩在它最能催醒邪孽的沉睡因素，在平顺的生活中，某人并非奸慝，宁是颇为明智仁善的，卑劣舛戾的因素沉睡在心底，噩运使这些因素上腾泛滥，从此再不下隐深眠了，噩运即使为期不长，却是这样断送一生。

哲学的最低层次：独特疑问。

哲学的最高层次：疑问的独特解答。

练习哲学，在阅读中，困难是，同一词汇，哲学家们应用时含义各异——如此微末猥琐的困难，却使许多俊才终于仳离哲学。而眼看不少庸夫倚仗各色词汇的调弄，俨然箕踞在哲学家的高背大椅上。

艺术的伟大在于直观，伟大的艺术都是直观的。熟习于艺术的伟大的直观的人，不妨将"直观"用到"哲学"上去，便可看到一种景象：先前的哲学家，凭心灵思想，后来的哲学家，靠工具思想（"直观"只取此一瞬间，因为"哲学"毕竟是非直观的、反直观的），哲学，是十八岁以后的事，为了破除十八岁以前的成见（爱因斯坦的说法，他是指物理科学，也可借之顺势点到人文哲学上来），艺术却永远直观，艺术家通悟哲学，乃至精娴哲学，还是保持十八岁（如果保持不住，就窝囊）。

事情历历得可喜，大哲学家总是非常之艺术的，大艺术家总是非常之哲学的，还有什么事情比这更可喜得历历呢。

同时又可以幸灾乐祸一番，学哲学不成的人，是轻鄙了艺术的缘故，艺术上的失败者，肇因在于侮慢了哲学。

好吧，这些话题，在上个世纪也只算"新古典主义"的迂阔夜谭，廿世纪末可做的时髦事，是微妙地证明"哲学之死""艺术之亡"，已不是"预见"，是"定见"，就只未识有谁更微妙地考辨哲学和艺术的死亡，系属夭折抑属正寝，如果尚存"复活""再生"之希望，那么重新开头也许将是另一种现在无从假设的戆憨粗糙，因为最近两千年的哲学之死艺术之亡，是伤在黠巧细腻上的。据说"理性"不能辞其咎，等到尼采他们一路叫起来，已经无济于事。

舍车而徒

戏　答

某报编者有征，题曰"我为什么要写作"。

如种之苗如泉之淋曰鼓在暮曰钟在晨志言惟烈道载惟暾作而不述鸩而不醒羁麟绝笔尼父此悟哀麟沛笔小子此悃前叩名山后礼其人得枝挂角渡河留馨更蒙追质君其问诸水滨。

这样的回答，自然是闹着玩，事情哪里会如此狼狈不堪。

某种演奏家

饱经沧桑而体健神清的人读书最乐,他读,犹如主演协奏曲,尘世的森罗万象成为他的乐队。

双重无知

先天性的"无知"者,有机会到世界各处走走,看看,听听,结果多了一层后天性的"无知"。

子厚颂

唐朝那么多的文士,俊杰廉悍的柳宗元尤难为怀——他有现代性,这容易解。难解的倒是为什么柳宗元有现代性,为什么独独他有现代性。

先知无俦论

先有了些信徒，继之出了个叛徒，而后来了批暴徒，这时信徒逃避他，叛徒赚卖他，暴徒擒拿他。

暴徒分占他的衣物，叛徒领得一笔赏金，信徒吃他的肉喝他的血。

寂寞的是，在生时，没有一个朋友。

更寂寞的是，被理解的，都不可能是伟人。

受问若惊

如果被人问：

"当今文坛哪几个人物是第一流？"别以为人家在请教你，这岂非明明认定你不是第一流，至多二流吧，最可能的是认为你根本不入流。

艺术不可论

有这样一个记者，问这样一个画家：

"艺术是为了什么？"

这样一个画家答这样一个记者：

"为了和平。"

我好久，好多年没有如此大的大笑了。

后来，我以极温静极忠厚的语调，电告一位朋友，他笑得掉在地上，不是身体是话筒掉在地上，笑声还听得到，他拾起话筒：

"如果是你，碰上了这样一个记者呢？"

"不会的。"

"碰上了，也提这个问题？"

"我回答：艺术是为了使人不致提出这种问题来。"

大能的限度

也许上帝的大能，限度如下：

它可以造成一位耳聋的作曲家，而造不成一个耳聋的音乐评论家。

无心之讹

不存心诈骗而使别人大受欺凌,这种事是有的,至少在中国文学的史迹和现状上,屡见,不鲜。

(这个说法,像是在为谁辩护开脱,甚至像是在姑息恭维谁了)

被遗忘的机械师

老话题,老是老,话也够多,题还是题。

我似乎成不了无神论者,如果要持无神论,也不会像尼采那样地敌视上帝,将自身置于上帝的对面(相峙,即是承认其存在),有时候,尼采的心态是欲取代上帝,但又知道神是乏味的,怎样才是有味的神呢,酒神,一个艺术的比喻,我们只能苟安于比喻。而"无神论""有神论"的"神"都是不许比喻的。

"神"的诞生极早。"人"说要有"神",就有了"神"。一个机械师,千辛万苦地制造一部机器,然后跪下来:"感谢上帝,使我有了它。"然后大家都跪下来,感谢上帝，倒把那机械师忘个干净。

反卡夫卡

一九二二年的日记中，他暗示道：
"恶并不存在；一跨过门槛，就全是善。"
这等于说：善并不存在，一跨过门槛，就全是恶。

中国的人

中国人哪，在没有功没有利的状况下，也要急急乎功近近乎利。

都　笑

商品广告上的男女都在笑。
烟笑、酒笑、冰箱笑、汽车笑，音乐厅门前的海报，提琴家笑、钢琴家笑，指挥，笑。
难于想像上个世纪欧洲的音乐会的海报，贝多芬、肖邦、勃拉姆斯,笑。

司汤达说:"真的爱是不笑的。"——二十世纪末是不爱了。

两种文化

听命于主子而阿谀奉承的文化是婢文化。调笑大众,俏成俏散的文化是妓文化。妓文化认为婢文化没出息,但看到鞭痕听到惨叫,觉得蛮刺激,有点儿同情似的,然而究竟很遥远。

婢文化起先认为妓文化到底不正经,后来想想越想越感到自己苦,人家,随便怎样,人家总是吃得好穿得好呀。

所以,婢文化的取向是妓文化,而妓文化,没有取向,霉烂而死。

你往何处去

古埃及、波斯、印度、玛雅的文化都是向后瞻的

（原始、世界之初、神，神是原始之原始），这些古文化，定型，完成，不发展，几乎就是个终点——后来果然没有蕃衍出什么来。

古希腊的文化是向前瞻的，有说整个欧罗巴的文化是从雅典神庙中出来。

后瞻，无限。前瞻，无限。崇神者向后瞻，爱人者向前瞻，渐渐显出爱人的（人本位的）才是文化，而崇神的（神本位的）是蛮荒的陈迹。

受诅咒之国

争权夺利，世界都这样，中国尤其这样，中国人在无权无利的时候也争权夺利。损人是为利己，在中国，不利己也要损人。

一直感到中国是受了极毒极毒的诅咒的国家，最近看到香港也有人提出这个说法。为什么会受诅咒，谁作了诅咒，答案是没有的，但真有这样的感觉——感觉到了最后的感觉。

更 冤

斯瓦希里语的谚言:"一只烂椰子臭了整棵树。"树上还有一只硕大清芬的椰子,比整棵树更冤。

童子与长老

那些"自为童子,出语已惊其长老"者是靠不住的,还是"自为长老,出语乃惊其童子"者牢靠得多。

中国的浮士德

浮士德精神,套用中国的说法是"君子以自强不息",那种自强是内向的,弄到后来斗不过外界的强物强势,就又有个说法,"成则济世,败则独善",谓之应顺天命。有的固然竭力拼搏过,到底败北,独善了,那自然没话可说。但中国的自强者往往先设计好"独善"的退路,然后尝试去济世,稍一接触,便断定不成,退回来,觉得委屈万分,于是独善起来特别有滋味。中国没有浪子,中国的浪子还没离家已经想家了。

向晦宴息

弱而愚者,不知谁看得起他、谁看不起他。弱而智者,最在乎谁看得起他、谁看不起他。强而愚者,以为无论是谁,都看得起他。强而智者,看得起他、看不起他,一样,他对别人也没有看得起看不起可言。

急功近利并非恶德,只有一点遗憾,就是往往无功无利可得,甚而得了其反——急功近利者们的功利观念实在淡薄乏味。

都道"平易近人"就是好的,其实单是"平易近人"还未知是好是不好。

平易近人,似乎意味着有个前科:本来是不平易近人的。如果没有比较,何必称道呢。而且,为什么曾经不平易近人,怎会变得平易近人了,以前不肯平易近之的那些人就是后来平易近之的那些人吗。那些人是什么人。

平易近人,要看近什么人。

而且平易近人是很麻烦的,近与被近都麻烦,如果麻烦而不知麻烦,就会弄得人也不像人。只剩一堆蠕蠕然的"平易",何"人"之有。

平易,不近人。"平易"就蓄为自我常备的内在态度,这种"态度"或可赋名"无对象的仁慈"——至此,与起首的市井之议实在相去太远了。

孔丘的知名度,乃从受人误解来。生前、卒后、本土、外域,一贯普遍受人误解。如果不误解而理解孔丘,孔丘的声誉早就销歇。

在与上帝的冲突中,"我"有了哲学。在与魔王的冲突中,"我"有了爱情。在不与什么冲突的寂静中,"我"有了艺术。

此复爱尔兰诗人叶芝先生阁下。

(叶芝:"从我们与别人的冲突中,我们创造了修辞,从我们与自己的冲突中,我们创造了诗。")

路上行人,个个脸色虔诚地朝自己的方向走,似乎要到幸福的所在去,如果那里并不是幸福,何必这样一步一步走,还举着伞哩。

但世界人事是可知的,可推理而明悉的,路上行人,多半往不幸的所在走——既然不幸,为何要去?是哪,就因为如此,才叫不幸。

有朋友,恳托他办件事,他豪爽而诚挚地允诺:"好,没有问题。"

后来,是没有问题,因为问题没有了。后来次数多得令人恍然,憬悟随便什么事恳托这位朋友去办,都是没有问题的。

后来,温婉有情趣地想,假如凡是恳托那位朋友办的事全——办成了,这个世界可能大为改观。

有受宠若惊,也有受辱若宠。于是先受辱若宠,紧接着转化为受宠若惊,然后受惊若宠受宠若惊地循环下去……

功夫在于受惊若宠时笑容满面满手满身,受宠若惊时要装作惊得不得了,快要惊死了的样子,那就有望博得更大的宠以及更大的惊。

中国文学家们来美国活动,讲演题是:
"我为什么要写作?"
如果国际钢琴家集会,挨个回答:
"我为什么要弹钢琴?"
那就只好认了。

青年时期沉醉于音乐,几个朋友知我聆受莫扎特的作品欠多,不时为之推荐这曲、介绍那首,其热心的程度当然就是其爱好的程度——朋友早已风流云散不知所终，但愿尚未全终，还有一二在听莫扎特。

近年来兀自辗转于莫扎特的作品几及全部，反复苛求乐团、指挥、独奏家、歌唱家，以免被人贻误——渐渐想起青年时期的朋友，当初他们的爱好、热心，依凭什么，即使依凭乐谱，也为他们感到惘然，莫扎特的音乐最容易使人一入耳便自信完全领会而终身不知所云。

臻于艺术至上乘的，非才华，非教养，非功力，非观念，而是莫扎特的那种东西，这种东西古希腊雕刻家也有，而莫扎特还有古希腊雕刻家所没有的"险要性"，他的音乐差一点就是幼稚胡闹，他始终不会差这一点，凭这一点，莫扎特逍遥于"才华""教养""功力""观念"之上。莫扎特位置所在，甚至令人怀疑他是否自识其位置，反之，如自识，也真是太欢欣太悲伤了（Piano Concerti NO.23 的第二乐章中，仿佛透露"自识"的消息，且能使因之而起的欢欣和悲伤盈盈不溢，盈之又盈。是故以"伟大"来颂赞莫扎特，好像是打扰他了）。此外，令人呆愕的是，以后总不会净听莫扎特，那么听谁的呢。不过鉴于尼采曾败坏我胃口，几年之后胃口又会好起来，莫扎特也不致使我一败不振吧。

在哈佛大学逗留期间才证知那种地方是不宜写作的，宜什么，什么也不宜似的。

某日为消食而闲步，行近燕京图书馆，感觉上是过外婆家门而不入，则有点不大好意思。

中国蜜蜂的蜂房，小暗脏闹，意大利蜜蜂的蜂房，轩敞洁静。

这个图书馆，小暗脏闹的模式宛在，"闹"是表现在书群的零乱拥挤上，闻说有中国诗人把自己的东西手抄成册，塞入其间，然后努力于"众所周知"，云云。

英译的《世说新语》，而这部书的原文，对于中国的中、青年两代人，已比英文还难懂了。

外婆墓木拱之又拱，舅辈荡尽产业，表兄弟尚在争那几股不争气的气，表侄们一概不见子都子充，乃见促伹狡童，所以哀莫大于心不死者的回答是，微君之躬，胡出乎泥中。

临去一转身，瞥见书架僻角《王安石文集》紧傍着《毛泽东选集》——有意如此陈列,抑萍水相逢,拗相公与打伞的和尚比邻,这也究竟未可作历史定位观。

若有神助地一笑。

如果提到一个艺术家时,说:"某某,人是很好的。"——说者聆者就这样顺口顺耳地过去了。

而说的那个、聆的那个,如果也是艺术家,大抵也在被说、被聆:

"啊,他,人是很好的。"

"她吗,人倒真是好的。"

这样的顺口顺耳中,"某某""他""她"都徐徐死了,到死也都不是艺术家。("人"怎么样呢,也都并不怎么样,糊涂,小奸小坏)

所以从来没有"莎士比亚人是很好的""贝多芬人倒真是好的"这种话。

这是一种无以名之的天性,姑且称为"有形上欲的天性",显现在童年时,被讥笑"多空想",进入少年就不幸了——未谙航海术的水手爱海而推舟入海了。

秉有这种天性者，生来要以"思想"为终身行役，在正式登程之前，即其童年少年时期，都有好一番徒劳的挣扎。到后来被石雕被铜铸的人，他们的著作、言行录，像是为了自我复仇，切齿于童年少年的愚妄。

某辞典的筹纂者函征我的"文学观"，答：

文学，关于它的本体性云云，心里算是明白得早的，因之一路来有所不为者多，有所为者就不多——文学使人类贤慧，使世界安好，至少原意如此，至少先相信其原意再慢慢说。

"慢慢说"，是"不愿说"的托词，未知该辞典的主事先生们体谅到我的礼貌否。

"文学"有何价值，要看什么文学，谁的著作，哪一本。笼统谈"文学"，开口即糊涂。"文学观"夹杂在其他诸般观点中，或犹可有所阐发，若要单独大刺刺提出来，情况便肉麻，肉麻到无肉可麻那是常见的事。是故文学观素来作为文学家的隐私才有其深意。资讯时代是个条理分明的乱世，南欧北欧的作家都叫苦，他们竭力自卫文学写作的天然和人工的隐私权。只有中国的"专业作家"唯恐人家不问，甚至未问先答，和盘托出，结果连盘子也登在报上，编者读者评者对盘子最有兴趣，汉学家更热心研究盘子。

"文学"的功夫，客气也没用地要计较文字的逐个动定，比弈棋更紧，一字等于一子，悖了就输了。而且文学的功夫又得燮理阴阳，剖析男人女人，"人"却是无法分清男女而加以冷贤评述，文学家动辄有所好有所恶，能做到淡淡入骨，悠悠切齿，已真不容易，看起来是顾及所好所恶者的面子，其实是文学家自己要面子。

那些人各有一份歪才，才度小、歪度大、歪度这样大，这样大的歪度就把才度歪光。

她是乱世的佳人，世不乱了，人也不佳了——世一直是乱的，只不过她独钟她那时候的那种乱，例如"孤岛"的上海，纵有千般不是，于她亲，便样样入眼。

她的文学生命的过早结束,原先是有征兆可循的,她对艺术上的"正""巨"的一面,本能地厌弃,以"偏""细"的一面作精神之流的源头,水是活的,实在清浅,容易干涸了。喜欢塞尚的画,无奈完全看错,其不祥早现如此。

正偏巨细倚伏混沌,人事物毋分雅俗,分了,两边都难有落脚处。

门外汉有两种,入不了门,又不肯离门而去,被人看在眼里,称之为门外汉,如果不在门前逗留,无所谓内外,汉而已。另一类是溜进门的,张张望望,忽见迎面又有一门,欣然力推而出——那是后门,成了后门的门外汉。

后门的门外汉绝不比前门的门外汉少。"哈佛大学"的新解是:有人在此"哈"了一下,没有成"佛"。

中国人醒了,不是觉醒的,是吵醒的。

古代人与近代人的区别,在于古者是自然的不知觉的逆子，近者是自然的知觉的逆子。古代艺术家明明背叛了自然，却声称崇拜自然师法自然。但知觉的逆子并不一定比不知觉的逆子高明，古代艺术家尽管嘴上糊涂，心里没有糊涂，他们的作品是悄悄地逆自然，逆得机巧百出，至今看来愈发感到博洽可敬、遑跡可爱。

近代现代后现代的艺术家，相继臻于全知全觉地逆自然，出了许多杰作，可奈也有逆得狞厉露骨惨酷无状者，足见逆过了头会使艺术不成其为艺术。这就很奇怪，先是艺术必逆自然，后来又不能逆过头，凭什么判断这度与份呢。

我与自然有过长期的"情人间的争吵"，终于讲和——生活上的妥协，而非艺术上的迁就。

哲学家密尔将"诗与雄辩修辞"说作是"有热情的真理""感觉渲染的思想"，他泄漏了天机：不可能有真理，仅只是热情，无所谓思想，至多得到些感觉。

曹雪芹在当时，真是既出了类，又拔了萃，他写贾宝玉的用情，越尊卑，破伦常，忘性别——不止现代、后现代，还远远超得很哩。

"天下第一淫人"（意淫）唯曹侯当之，无愧。

中国古代大概以无数事实作了统计，结论为"奸近杀"，撇开社会道德规范的正负两种杀机，爱情本体的专制性是更强烈的潜在杀机。不过，这样粗疏分析出来的杀机，层次还是简单的，仅是妒忌心、占有欲、报复意志所使然。若将"奸近杀"引申为"爱近死"，层次就繁复。高则高到粉身碎骨超凡入圣，低则低到寝皮食肉谋财害命了。

使爱情的舞台上五光十色烟尘陡乱的，那是种种畸恋，二流三流脚色。一流的情人永远不必殉陨，永远不会失恋，因为"我爱你，与你何涉"。

一些纸，一些布，一些石头铜块，一些高低快慢的声音——光荣伟大的艺术。

艺术是最虚幻不过的了，全凭人的领悟而存在，这样的非物质，这样地非附在物质上不可。

艺术的虚幻使我惊惶，也知道自己已落到故作惊惶的地步。

有神论者的宇宙是"神",不是宇宙——有神论者无宇宙观。

无神论以直面宇宙为起点,颇多无神论者就在此一刻就吓成了有神论(真是,有神论差不多全是被宇宙吓出来的),李耳也被吓,没吓倒,他之所以假借宇宙规律而演绎为人生韬略,大概觉得好玩,众人熙熙如登春台,我何不也玩玩,于是玩了五千言。

可吟可诵可唱的诗,是诗的童年,诗的童年时期的既有特征。而今而后的诗,只宜阅,不需要发声——完全脱出音乐的襁褓。

诗神加冕之夜是寂静的。

只爱女人的男人,是知其"女",不知其"人"。只爱男人的女人,是知其"男",不知其"人"。待到你承认这一浅显伧俗的说法煞有深意,可惜为时已迟,男人女人都成为路人,"路"为主,"人"模糊难辨了。

电视布道，感召力极大的牧师，一个叫吉米·贝克，一个叫史华格，曾经互相攻讦对方为假先知。

吉米·贝克以强奸教会女秘书并诈骗信徒钱财而被捕入狱，史华格因嫖妓内幕暴露而身败名裂。

从电视上看到千千万万的信徒，仰面恭聆吉米·贝克、史华格的布道，个个如痴似醉热泪横流，她们和他们，现在不知在做什么。

我偏爱的人间一角——马德里。普拉多美术馆，哥雅的作品一一四件油画四七〇件素描。Mayor 广场，离太阳门只五分钟路程，周围全是十七世纪建筑，窗口挂绣帷。从这里往南走，就是鼎鼎大名的 Rastro 旧货市场，每星期日早上，Toledo 路和 Curtidores 路一带，便搭起千百个帐篷，古董、宿物、土产、工艺品、艺术品吊满摆满，游人只能一步挨一步前行，我比谁都走得慢，像个快乐的病人。

我还偏爱塞哥维亚 (Segovia)，那是有原因的——塞哥维亚与布拉诺不同，布拉诺是意大利的彩色岛，塞哥维亚只有黄褐色，处处是时间的痕迹，人们叫做历史的那些东西。

塞哥维亚，马德里西北九十公里，人口五万余。从马德里的 Chamartin 车站或 Atocha 车站搭两小时火车，再换一段短程巴士，而 Norte 火车站附近也有直达巴士可乘。

整个城是原封不动的古迹，罗马人以花岗岩建筑两层拱门的水道桥，长七百二十八米，高二十八点八米，横跨新旧城之间，大小车辆均由桥洞穿过。

全城为石墙所围，中有大寺院、高堡、艺品店、饮食店，城外的尖塔与城景陪衬，一边是河水迂回，一边是无际的荒原，枯木、古堡、苍凉的黄褐色的 Segovia。

我偏爱塞哥维亚的原因是，我也黄褐色，也苍凉，而且，英国的家庭教师时常说："多记印象，少发主见。"至少我在塞哥维亚时是一无主见。

功利主义（功利观念）趋向极端总会流弊百出，政治家和资本家都是短见的。一位船长，明白船在什么海里,要驶到哪里去,航线也清楚有把握,然后,想法使船中的人健康快乐,这样的功利主义还差不多,而这样的船长从来不曾出现过。

继"迷惘的一代"而来的是,"全无心肝的一代"。

"五四"时代的白话诗(新体诗、自由诗)是时代的产物,只够佐证该时代的畸型,故系史学范畴的事,而非文学范畴的事。文学没有怜悯姑息可言,夹生饭不是风格。

"电影"这门后来居上的艺术,正要成熟,纷纷烂掉了。
满目坏电影。看一次等于受一次辱。
偶尔看到了好的电影……报了仇似的痛快。

骄狂是豪奢的,苏格拉底的骄狂何其寒伧,令人想起中国民间传统中的济颠僧。也许圣者都矫情,以此打动人心。

单凭一个人的记忆，多少已死的已消失的人事物都泱泱地活着存在着，而一个人的记忆因其死而消失，与之共亡的人事物不知有多多少少。

记忆最广袤、最完备，越是细节越清晰。

探索物质的基本粒子，探索到最后，会发现它们类同于人脑的记忆。宇宙是一个记忆性的构成。

宇宙的构成是记忆性的。

余固不免好为人师之患，久之，乃知人可教，命不可教也，人皆有命，皆不可教也。或曰：其命聩，而其曲伟。其命瞀，而其诗壮。岂有说乎。曰：其自教也，其善孜孜自教者亦命也，命自可教也。余谨自教，行有余力，复以教人，择能自教者而教之。春日迟迟，桃李在堂，呜呼，后其乐而乐，可不为人师哉。

除了极少数人中的个别者，其余的，我是当做景物看的。景物一直欠佳，看只是呆看。

那"个别者"对面行来，及近相视莞尔，没有理由停步，姗姗走过去了，想回望而未回望，故不知那人回望否。

社交场中善于辞令，是一种本领。默然，蔼然，萧然，却显得很融洽，是一种本领。说话不多，声调不高，而使人一直觉得你在说话，是一种本领——因事因人，随机更换此三种本领者，尤见本领。

朋友交谊亦如逆水行舟不进则退，既退复进者鲜矣。

于人情之和而合中呈风度，于人情之舛而离时更显风度。"订交"是一项艺术。"绝交"是一项艺术。

人体整个是性征，巨细靡遗地密布欲念的挑逗效应。从第三效应（凝视）到第二效应（偎吻）到第一效应（交媾），此进行式是"死"的进行式。这是瓦格纳、邓南遮、贝勒、路易等等亚当们的话题，而弗洛伊德不是差一步，那是两码事。

认知无神论易，认知无真理论难。有真理论仍然是有神论。

惯于依赖,依赖神不行了,便依赖真理,再又依赖不下去,才可能觉醒——人类的第一次觉醒,以前的都是梦中的觉醒。

二辑

一饮一啄

你是含苞欲放的哲学家

爬满薜荔的墙内　有一番人事

好看的人　咬指甲时尤其好看

夜渐渐亮了　芥川才写这种句子

蹲在潜艇的机械丛里　想念牛排之畔的荷兰芹

阳光下晾干的亵衫　亚当最初的香味

穷得晚餐后饮苦艾酒吸摩洛城堡牌雪茄

那要看樱花树下有没有自己

修路工橙黄的背心　交通红绿灯　不是色彩

橡皮外套的气息毫无情趣

西方早已文明　尚留下舐食指拇指的小野蛮

粼粼在雪地中的深碧池塘

微雨夜　树丛间传来波兰的心悸

日日价勤于读报的厌世者呵

公园石栏上伏着两个男人　毫无作为地容光焕发

你煽情　我煽智

飞来又飞去的才是天使

富贵之家　贫贱之家　灯光都是暗暗的

那口唇美得已是一个吻

凝坐灯下　愈来愈艳地一阵　不见了

昨夜有人送我归来　前面的持火把　后面的吹笛

问何所嗜　予嗜离题　尤其在情爱上

老鼠从帽子中忽的窜出　拿破仑吓了一跳

秋天的风都是从往年的秋天吹来的

不嫉妒别人与你相对谈笑　我只爱你的侧影

圣洁的心　任何回忆都显得是纵欲

一个酒鬼哼着莫扎特跟跄而过　我觉得自己蠢极了

骑着白马入地狱　叼着纸烟进天堂

红裤绿衫的非洲少年倚在黄墙前露着白齿向我笑

凡林荫道转角有一小教堂的　都很美

陌路人忧伤地走近来　走近来　向我笑了笑

不偏食　尤其在哲学桌子上

雨后　总像有谁离去了

取心花怒放的怒字

没有比春夏秋冬的次序更如人心意

野蔷薇开白花　古女子蒸之以泽发

微风善记忆

玫瑰之蕊　以为世界是玫瑰色的

貌合神离固遗憾　神合貌离亦怅惘

士马精妍　四个字凑在一起真熨帖

颤巍巍的老态　从前我以为是装出来的

汉家多礼　称愚人曰笨伯

云影暗了街这头　那头的房子亮得很

展示品禁止接触　我抚摸了安徒生的手提箱

某人写传记　实在是自我炒鱿鱼

动物从不一边走一边吃东西的

有的朋友　犹如厨房砧板　不能无不必多

铜绿的绿是铜不愿意的绿

小小水榭　我和你夏了一夜　再夏一夜

石洗蓝布多口袋的马甲　又入世　又出世

儿时　看武打戏似的读诸子百家

孟子曰　存夜气　我对肖邦一笑

任何东西进了博物馆都有王者相

史家切忌吏气

一双鞋就是一个时代　时代只一个　鞋倒有两只

自我流放者视归如死

须眉浓郁的青年　支票上　暴风雨签名

要恭维残障人的长寿真为难呵

招徕游客的仿古马车　两束寒伧的纸花

寂寞无过于呆看恺撒大帝在儿童公园骑木马

贫穷有时也是一种浪漫

路人之悦目　皆因都在过程中　未露恶意

然后　五只鸟这样斜飞过树梢

春雨绵绵　隔墙牛叫　床上欢娱无尽

炎阳下芭蕉的绿是故意的绿

这种人的爱　邮票背面的胶质

又来一个羞答答的厚颜无耻者

邮差开启路角满满的信箱　人类真噜哧

她斜肩提包疾步而来　深深吸口烟　难哪

盲者之妻天天浓妆艳抹

小包放进大包里就安心了　大包遭劫

那脸　淡漠如休假日的一角厂房

穿件黎明似的丝衫　牵条黑夜般的大狗

乐于走进没有顾客的商店

生命树渐渐灰色　哲学次第绿了

橐橐清脆履声　什么事都有办法解决似的

首度肌肤之亲是一篇恢宏的论文

楼下黑管呜呜然　楼上往事如烟

说直爽　他是汽车加油站那种直爽

人们都不感觉到邮局的凄惨神奇

思想会冻　好多哲学著作是冻疮

晴秋上午　随便走走不一定要快乐

我就把人类看做粮仓中的饿殍

霓虹灯　商业的弄臣

你已落到了街面橱窗中的三桅大帆船的地步

这样走过来　我知道　坏人

时装　多半是上当的意思

人的肉体的风景呀

曳着拖鞋进教堂　她毕竟与上帝是一家人

美国鬼节　一片阳气

有人这样写　天蓝色的天

不太好看的人最耐看

修道院的屋子在修道

原谅亚里士多德　他泛滥　未能停蓄

平民文化一平下去就再也起不来了

很多科学家在哲学上是票友

古文今文焊接得好　那焊疤极美

中国需要上中下三等启蒙

花谢后　叶子不再谦逊

琅琅上口的成语　最消磨志气

衣袋里的尘屑是哲理性的

论精致　命运最精致

修改文句的过程是个欲仙欲死的过程

在植物动物看来　人的服装化妆统统失败

暴徒的一身壮丽肌肉是无辜的

艺术家是用艺术来埋怨上帝的

五月　草木像是下次不再绿了似的狂绿

夜夜而不夜于夜

活在自然美景中　人就懒　懒就善

啊神啊　你曾以人的名义存在

洁癖之女　最喜男中之尤脏者

无头的天鹅与无头的苍蝇是一样的

罪人进了天堂　会比在地狱更痛苦

有神论分两种　直接有神论　间接有神论

历史无新事　历史也不抄袭

彼等正在热中于描写男骗子和女骗子的爱

常常　哈瓦那摩洛城堡牌雪茄显得是一件大事

容易钟情的人　是无酒量的贪杯者

初恋多半是面向对象的自恋

真实的爱情是飒爽的　哥德明审

有知之为有知　在其知无知之所以无知

无知之为无知　在其不知有知之所以有知

余师雪而鄙残雪

一个体贴入微的大逆不道者

决战于帷幄之中运筹于千里之外的年轻人哪

当仁不让　就是当不仁不让　不让其不仁

或人想作宗师　急急乎去搜罗一代

女人守口如瓶　然后把瓶交给别人

有为而骗的人到后来会无为而骗

此人确有一望无际的小聪明

贝多芬钢琴奏鸣曲第廿八号　哲学的滋味

同上作品　也应说是一种可以咬嚼的潇洒

在耶稣的眼里　一切人都是病人

耶稣是医生　自己幻想出来的医生

明人刻书　书亡　今人译书　书瘫

她贱　他犯贱

要言不烦地一直噜哧下去　文学家之宿命

人权纲目太粗　才有女权之说

春秋论神智器识季札第一　魏晋论才调风度嵇康第一

敏于受影响　烈于展个性　风格之诞生

艺术是光明磊落的隐私

孩子的假笑　老人的羞涩

得不到快乐而仍然快乐的才是悲观主义

愚者斥智者为异己分子

安徒生（H. C. Andersen）初到中国时　大家叫他英国安徒生

假如老虎背个包在森林里走　多难看

胖姑袭花衫　花都胖起来

从没见过一个十分狡猾的人后来成了疯子

葱油面饼的热香　最人间味

寂寞　多半是假寂寞

知与爱永成正比　这是意大利产的好公式

恐怕不是代沟　是弱水一片

凡是主义都是别扭的　主义　就是闹别扭的意思

本能地反对一切既成见解　美丽的法国夫人如是说

晨起洗澡　把夜洗掉

迂腐并非下流　中国就有一种下流而迂腐的东西

脏到了眼镜片也不拭干净

据自诉　他之所以无志　是因为怕得罪人

老夫妻的脸总相像　走路姿势尤其像

糊涂不是单数　必要复数　才真的糊涂了

这是一种口唱光明脚向黑暗走去的奇异动物

平易近人　近什么人　如果所近非人

木匠死了　烟斗放在床边　温热的

把顿悟纳入渐悟中　犹卵之在窝

桃树不说我是创作桃子的　也没有参加桃子协会

健康是一种麻木

像卡夫卡那样　是很累呵

汤显祖的简札可读性颇高　你说呢

西青散记　有些片段像纪德的地粮

看在莫扎特的面上　善待这个世界吧

巴黎灰濛濛冷得出奇　不　用心工作

耶诞近了　食品店又要用棉花冒充雪花了

手忙脚乱地爱过一夜　从此没见面

弱者与弱者的舐犊情深或相濡以沫　只会更弱

精神世界是不是也有统一场呢

人　自从有了镜子才慢慢像样起来

全世界选定的健美先生　一枪立毙

克尔凯郭尔　卡夫卡　他们真难受

艺术　以魔性呈现神性

实在不习惯于地上走　鹰说

王实甫比关汉卿更懂事些

悲苦　使人精致　使人粗糙

宗教是云　艺术是霞

有见卧佛　曰　此子疲于津梁矣　卧　始津梁矣

知识不必多　盈盈然即可

庶民有雪亮的眼睛　庶民无远见　庶民无记忆

自尊　实在是看得起他人的意思

英雄第一次遇上命运　命运阅英雄多矣　英雄必败于命运

文学　哲学　一入主义便不足观

卖座鼎沸　票房寥落　是同一个戏在两个地方上演的实况

淫荡者找到了心上人便会从此忠贞

歌唱家的声带也不是她的　国王右手的食指也不是他的　到了那一天

母爱是一种忘我的自私

人生恰如监狱中的窳劣伙食　心中骂　嘴里嚼

如将文学比作药　也只供内服　不可外敷

听得见的是修辞　听不见的是诗

以众生的愚昧来反衬一己之明慧　这种宿命真可悲

途遇畴昔之情人　路的景色变了一变

希腊的夕阳至今犹照着我的背脊

夏季的树　沉静　像著作已富的哲人

美的脸　美的肢体　衰老时常会刻毒地自我讥讽

禅或道　宜作方法论不宜作目的论

列宁的额头消失　普希金的颊须永存

狗咬狗　那么谁是狗呢　咬起来就知道谁是狗了

鲜艳的色　面积过大会感到恐怖

现代艺术　思无邪　后现代艺术　思有邪　再下去呢　邪无思

女人最喜欢那种笑起来不知有多坏的男人

忠厚朴讷是奸险之徒的包装

裸鸡在明煌的烤箱中转呀转　好像很幸福　谁幸福

我是一只厌恶花朵的蜜蜂

端坐而等待开幕　音乐响着响着　特别感到自己人格的独立性的酸楚

凡·高不过是在用画笔说　这样　这样　自然就更自然

虚荣没有什么不好　只是光荣没有份了

性无能事小　爱无能事大

滥情非多情　亦非薄情　滥情是无情　以滥充情

老实人不会说俏皮话　最俏皮的人惯说老实话

现代的那种住房　一家一套　平安富裕地苦度光阴

矫健者的背沟　削至腰部的那种遒紧的清虚　每次都令人心折

至多是这样说　逝者的生命延续在存者的身上

爱情如雪 新雪丰美 残雪无奈

我的幸福都是"幸福" 去掉" " 就不幸福了

三辑

亡文学者

早已有先知在人心的荒野里高喊："文学死了！"而且不按老章程，后面没有加一句"你们改悔吧"，所以尤其可怕，改悔也无机会——既然如此，还是让文学悄悄寿终，以符息事宁人之常道，但喊已喊了，应声四传，似乎有些悲壮，因为死掉的毕竟是伟大崇高的文学。

文学好端端地怎会夭折？据说病源在于商业社会，万事万物都由市场价值作判断，商业帝君执一切产品的生死仲裁权。有实际利润则兴、无实际利润则汰，画廊与发廊齐飞,书店共饭店一色,通俗性、大众化,原意或者是好的——通俗性本是为了俗者之性能得以通,大众化当然求其化大众、普济广度,全面超生,然而,通俗性使俗性越来越不通,大众化弄得大众冥顽不化,这到底有负于提倡"通俗性""大众化"的志士仁人的初衷,效果反检动机,事体败坏之后,情况还得讲清楚,提倡者的偏见短见迂腐之见,于今观之何能辞其咎。

这样,文学是期在必死的了,不过总还有一段时日可拖,最后回光返照,煞是好看,亦未可知。要使文学速亡,得有人出来下毒手。

应运而生的是几许史无前驱的"文学家",以抖乱词句、搅混语法、浅入深出、故作姿态为能事,颇有当今文坛舍我其谁的气概,拆穿这类迷障骗术并不难,且看:

一、彼等发明了此套把戏之后,旦旦重复其伎俩,愈用愈滥愈衰竭,足见智力之低劣,世诚有所谓"歪才"者,然亦多歪而无才者。

二、择邪固执,决不会悔悟——勿含恶意的愚蠢尚可解,饱含恶意的愚蠢无可救药。内因既绝,外因何济,油嘴滑舌的人总是一辈子油一辈子滑的了。

何以有人喜欢读这类脚色所写的东西?

一、读者本身亦宅心不正,对纯粹的文学作品难以理解,一旦碰上胡说八道的东西,乐了,来劲了,自己哗不了众取不了宠,便成了被哗之众,去宠那些东西。

二、算起来倒是科班隔壁出身,排行于老作家辈,看到年轻人装疯卖傻肆无忌惮,心里有点慌,大概要"新潮"、"前卫"、"后现代",已经应该必须这样的了,但老作家而掉转马头撒泼,不敢,也不会,于是一份向往之情,慨然付予年轻人,撰文赞扬,许为知音,落得个独具慧眼奖掖后进(先进)的美名,这一来,自己也跻身于最新潮最前卫最后现代的行列,况且自己以前也难免写过些不明不白不三不四的东西,借此一并算在"摩登"账上,岂非上上大吉。

这是一个不太奇怪的奇怪现象,中国大陆与港、台、东南亚几乎同时出现此类脚色,前人不屑用的方法,他们用了,以为出奇制胜,中国文学传统流派无算,未见有以文句故作不通,修辞恣意悖谬而成流成派者,世界现代文学，自"意识流"创始以来，衍生的各种支渠中，固不乏走火入魔者，但瑕不掩瑜，从整体看，现代各派文学各有典范业绩，各有集大成的代表人物定位于史册，且骎骎乎已将事过境迁了，所以中国"文坛"上有上述的脚色跳踉其间，亦不过是世界现代文学在中国的异化现象，充其量：木榫劈斧头，铁锁开钥匙，自己跳不出自己的模式，再则卖弄些音同字不同的花招，还不如街坊游民的插科打诨有谐趣——以为凭这点本领就可走江湖，也实在把江湖看得太小了。

亡秦者秦也，亡文学者"文学家"也。

晚　祷

I

与孩子是不能谈童年的,与耆老可以谈暮年,而与少壮者是否更值得谈谈青春的宝贵,身在福中不知福则未足以论福,身在青春中,知青春之所以为青春,那么活力与光辉自会陡增一倍,当然更不致自误或被误导。

又要"言必称希腊"了,古代的雅典有一则不成文的共识:凡少年,都得有一位青年或中年作为他的朋友（好友、密友），这样，少年的成长就有了扶持（有所遵循），这样不但美好幸乐，而且切实易行。试想老年人与少年人，由于岁数相差太多，天然的代沟无法逾越，忠厚敬老，慈祥携幼，那是义务的德行而非审美的情操。十五岁者与二十五岁者，还是有兄弟姐妹感，即使是三十五岁，在十五岁的人看来，仍有大哥大姐感。所以容易接近，对事物的兴趣能同趋向，作交流。

确有慧心的人，到了二十五、三十五岁时，回顾已逝的青春，必有所悔，必有所悟，因而很愿意对比他（她）小十岁、二十岁的朋友倾谈衷款，能指点别人，是快慰的，如果聆者顺从、感恩，那就愈加使大哥大姐为你尽心竭力。所以年轻者不必对年长者畏惧，尽可以开诚坦怀，企求年长者的提助。

罗马尼亚有一位女歌唱家，当她的歌声臻于全盛期时，某夜，她连连谢幕后回到化妆室，一黑衣蒙面的妇人坐在那里等她，呀，原来是她最最崇拜的意大利花腔女高音帕蒂，她慌忙跪下：

"大师，感谢您的光临！"

帕蒂说："我因为唱过了头，坏了名声，你可要懂得适可而止!"

不久,她果然举行了告别式的最后一场演唱,从此退隐了、完美了。

II

生命是一个骚乱的实体,越臻高级的生命越骚乱,因为其能量强旺,质素繁富,运转剧烈。所以说,少年维特的烦恼不是十九世纪一代的精神表征,而是每个时代的每一代少年必经的人生阶段。少年而没有烦恼,成长起来不是圣人倒是庸人。但少年而无能对付料理其烦恼,就会断送在一波未平一波又起的烦恼里。删除了胡闹、任性、喧嚣……青春就不是青春了。托尔斯泰曾为青春作如是辩护,他自己却深知青春不可一味胡闹任性喧嚣,否则也没有他这部丰髯,这许多杰作了。直白些点明主题的是哥德的那句口号"回到内心",这是他自我教育的良方,每当他深陷于爱与欲的人事牵绊之中,就听到一个声音,召唤他回到内心,也许他迟疑过,推宕过,然则每次总是应命归返,用他自己的说法是：为所爱的人做了一尊雕像，于是告别——托尔斯泰，哥德，是大人物，大人物都有戆憨的一面，那么优雅伶俐的当然是芸芸众生，仓皇四出求爱乞怜、胡闹、任性、喧嚣……卒至切齿哀号恸哭了。

"死"，不是退路，"死"是不归路，不归，就不是路，人的退路是"回到内心"。受苦者回到内心之后，"苦"会徐徐显出意义来，甚至忽然闪出光亮来，所以幸福者也只有回到内心，才能辨知幸福的滋味。

这个"内心"，便是"宁静海"，人工的宁静海，谁都可以得而恣意徜徉，眼看不到，手摸不着，却是万顷碧波，一片汪洋。

唯有这海是你所独占的，别人，即使他是你最宠幸的人，也只能算作海滨的游客。

Ⅲ

他旅行他回来
他经识了驼铃的寂寞
废墟的晕眩

帐下寒冷的醒寤

同情中断了的辛辣

　　——《情感教育》

　　什么恶是美的，什么善是丑的，什么美是恶的，什么丑是善的，什么丑是恶的，什么美是善的，什么恶是丑的，什么善是美的，什么美是丑的，什么善是恶的，什么丑是美的，什么恶是善的？能轻易区别得出性质的事物毕竟不多，多的是因素混杂的庸庸碌碌之辈，日常周旋并与之聊共休戚的便是他们她们，供作臧否的一点点"是"一点点"非"不过由此而来，格物处世的涵养功夫擒纵伎俩，就在于怎样从零乱的行迹中辨认出何种庸碌其实是美且善，何种庸碌到底是丑又恶，近之，远之，迎之，避之，纳之，屏之，唯其庸碌，没有多大美丑善恶可言，唯其没有多大可言而能娓娓道来，岂非更其载惊载喜，这是在说，如果无力将庸碌者归类为美善丑恶诸大宗，那么您也真庸碌得可以了，如果您不屑与庸碌之辈通款结邻，您得乔迁到冰天雪地中去，目前的这个软红十丈的世界从来未曾清净过,所谓"选择",乃即时即地即人即物去作您的润滑的判断吧,除此我们早已无以措手足,"情趣"(通常叫做"幸福")在于隐隐测知庸碌男女的趋向,若善若恶若美若丑若密若疏若推若就,眺之不足则揽之,鄙之欲呕则斥之,生活的滋味是这样品尝出来的,侥幸遇上物之尤者,精彩得不可开交,那就餍足了您的好奇心求知欲审美力,但生年不满百,机缘太难得,而且事到临头险象环生,自以为笃定泰山的智叟强徒,在尤物的魅力精光下悄悄化为齑粉,所以庸碌的本义恐怕正在于毋以玉碎宁以瓦全,回去吧回去吧,仍旧回到小小的圆桌边,男的男,女的女,至少不曾编号于蜡像馆,您果真是肝肠如火,彼自然会色笑似花,深夜的寒雨乱打窗扉,灯明茶香,互道别后生涯的大纲细节,还没有忘记那些杜撰的成语,私人的典故,狄更斯这样地一写再写,我们不妨那样地一做再做,生活都只是猎与被猎呵。

媚 俗 讼

媚俗（kitsch）是现代商业社会的宿命特征，媚俗的潮流 (tide of kitsch)，到了有人要抗议，已是不可抵制的时候了。

a

指责十八世纪的启蒙运动，这种现成语太容易说，亚里士多德是苏联极权主义的太祖吗，伏尔泰要为古拉格群岛集中营负责吗，中国民谚"老虎不怪，怪山"，虎噬了人，人恨山，要是没有你这座山，哪能会出虎。

b

"理性万能"是错，任何"万能"都错。十八世纪启蒙运动成为二十世纪极权主义的作俑者，这种新原罪，且不论其公道与否，总归对二十世纪并无教益，反"理性"的论调是潇洒的，反"理性"的行为却步履踉跄。

说"十八世纪不仅属于卢梭、伏尔泰、费尔巴哈，它也属于费尔丁、斯特恩、哥德和勒卢"，不如说十八世纪属于莫扎特。

"回到莫扎特"的呼声，告知世人，我们再也回不到莫扎特了。

c

"凡存在，皆合理"，莱布尼茨、黑格尔皆出此言，合什么"理"呢，这样的话说了之后，还好意思说别的话吗。

这是关门时说的话,说完,门关了,这门是墓门。

d

人类的愚昧,使福楼拜发狂地愤怒,是"先知的愤怒","弥赛亚的愤怒",所幸他撒手得早,再迟一世纪……我们是见得多了,见怪不怪其怪才不自败哩。

既然"评价一个时代不能光从思想和理论着手,必须考虑到那个时代的艺术",那么福楼拜是艺术家,他没有将其暴怒放进他的艺术里,怎么办?

e

"现代化之为愚蠢,并非由于无知,而是对各种思潮的生吞活剥",是这样,多半是这样,但投向未来世界的影响,福楼拜会比弗洛伊德更深远吗——不可想像。未来世界的图像,或者:弗洛伊德的心理分析学油腻了,乏味了。同时,独立思考,真知焯见越来越不成其为势力。俗媚俗,愈俗愈媚,愈媚愈俗,欧罗巴一窒息,别处随之瘫痪。莫取笑,欧罗巴没有什么长在母体之外的心脏。布洛克(Hermann Broch)说:

"现代小说英勇地与媚俗的潮流抗争,最终被淹没了。"

可不是预测,而是承认,又有多少小说家(艺术家)在参与媚俗的潮流,俨然主流哩,这些奸贼,福楼拜见之要吐血,布洛克的话隔了五十年,在大众传播媒介的无孔不入的洪水中,"美学""道德观"竟起献媚,一俗生万俗,什么都可以俗个透,这叫奇迹。

上帝有没有幽默感,我们不知道,只知道政治的极权、商业的极权是绝无幽默感的。

f

潘多拉的盒子有好几只,至少是一洲一只,那欧罗巴的盒子打开,各种灾祸飞了出来,赶紧盖上,盒底只剩一样东西:个人主义。欧罗巴是凭个人主义来与各种灾祸作周旋抗衡的,媚俗的潮流使个人主义惨遭灭顶，其他的主义死了，会有哀乐挽歌，唯个人主义之死一片沉寂。

去岁春日，偶见米兰·昆特拉一九八五年五月在耶路撒冷文学奖的典礼上的讲词，随记了些感喟，拟作《媚俗讼》以抒郁结，无奈拖宕经年一时难以成篇，不如录出例为断想，仍用《媚俗讼》冠之，有贻大题小作之讥，或示蓄意兴讼事犹未已可也。

一九九二年冬初，杰克逊高地